为了人与书的相遇

九故事

大头马 著

广西师范大学出版社
· 桂林 ·

献给 Sweetii

目 录

白鲸

万老师 亲启

“要想完美地演绎一个角色，只有一个办法，就是真正成为那个角色。”

我第一次听到别人说这句话，是五年前的夏天。当时我和老孔在城东鸭林冲那片城中村踩点已经踩了两个月，西瓜的价格从两块跌到两毛。我和老孔一组，蔡屹和杨舒明一组，再加上胡大和一个从内勤借调过来的女警，三组人马轮流蹲守在鸭林冲，不分昼夜地摸排，看见形迹可疑、身高在 170 左右的男性，便从西瓜摊前走开，从卖瓜人的角色进入到刑警的角色中——老孔说出这句话的时候，我吃了一惊，足足有几秒钟怀疑那是否和你有关。有可能是九年前他也从你的口中听到过这句话，也有可能他像我一样翻阅过你家书架上那本《社会工程学》，并在其中发现你在书中的这句话下面画了两条波浪线。黑色水笔。那本书夹杂在一些成功学书籍、语文教辅书、畅销小说之间，不算显眼。正是确定不会有别的人对那本书感兴趣，我才从书架上取了下来。那本书现在仍然在我的书架上，我猜是这样。老孔说完这句话，递了块手帕过来，“烈。”我才意识到自己流了鼻血，然后第好几次看到那女孩踩着高跟鞋从我们面前走过，那天她又换了身连衣裙，我记得和第一次看到她的时候穿的是同一件，她约有五六条不同的裙子，周而复始地轮换，鞋子却总是那一双。大家都揣度过她是做什么工作的，后来才搞清楚那姑娘在医院做护士，总上夜班，名字叫吴晶晶。

正是因为老孔的这句话，促使我跟报社递交了辞职信，花了半年的时间准备公务员考试——《行测》《申论》和《公安基础知识》都不难，唯独在体能测试上差了那么一点，面试官之一正是老孔，出了考场后他拍了拍我的肩膀:“我还以为你流鼻血是为了配合我们，原来是真的身体差。这样在一线干现场不照啊。”所以后来我就进了技侦，主要坐办公室，配合侦查需要提供技术支持，监视、窃听、跟踪啥的。没人对我会放弃原先报社的工作改进体制感到奇怪，公务员毕竟是铁饭碗，报社却要自负盈亏。事实证明那一年正是传统媒体最后的辉煌岁月。我不是最早有先见之明离开报社的人，但离开得也不算太晚，那之后报社就像泄了气的皮球一样迅速地垮成一条皮囊，拴着二十多年前建立它的那些富有冒险和开拓精神的人，彼此见证对方的死亡。不久前我去参加副主编的葬礼，他得的是胰腺癌，走得很快，我见识过这种癌症的力量，我父亲也死于这种癌，死反而是一种解脱。葬礼上见到以前的老同事和老领导，他们说幸亏我走得早，不然现在也是等死。我不知道他们说这话是在哪种意义上，这几年我参加了好几场报社领导的葬礼，它们都同样体面。以前跑新闻跑得最猛的那几位记者都老了，轮番在每一场葬礼后写文章，回忆九八年创刊之后的那黄金十年，写来写去也就是那几件事。复旦新闻系出身的老社长如何以一己之力满腔热血创立本报；首席新闻记者如何卧底毒枭采写大稿拿到了全国新闻奖一等奖；我的编辑弃医从文，以三十岁的高龄加入报社，落了个当代鲁迅的名头。这些事我在报社实习时就听他们说过，离开数年后又看到他们写，恍如隔世。

不过这些其实都与你无关。

现在是四月，你知道四月合肥的天气是什么样。总是阴天，经常下雨。蹲在局里的厕所抽烟的时候，风就从厕所窗户缝隙里止不住地吹进来，像是在拉低音提琴。我在九楼，二楼是刑警大队，有时去二楼开会，在二楼的厕所蹲坑的时候，我发现风声略有不同。但九楼的光线要好些，因此二楼的同事总说要搬到九楼来，九楼的同事也总嫌技侦的工作无聊要下一线，彼此都知道这些话只是随便说说。一旦进了技侦，就很难再出来。因为每个人身上都带着秘密。再过五个月，我进局里就满五年了。刚进来的时候，四月我蹲在厕所听到这样的风声，就总想起你家里的那把低音提琴，当时我还不知道那是低音提琴，错认成大提琴，你妻子纠正了我，我才知道那把琴是你妻子的。李老师教了我们班两年英语，我们谁也不知道原来她还会拉提琴，懂音乐，是一个文雅的人。是一个文雅的人其实我是知道的，只是当时不知道她还有另一个禀赋，坚强。抓到你的时候，是我和蔡屹去通知她的，她等在当时分局所在的那栋楼下面，穿着一条花裙子，头发整齐地梳成一个发髻盘在后面，竟还打着一把阳伞。“人抓到了。”我说。她也只是平静地点了点头，一言不发地听我给她简要地描述抓捕的经过。“现在你打算怎么办？”我问。她说：“当然是砸锅卖铁也要救他。”说完这话两行眼泪才掉了下来。接着说她打算请全市最有名的律师王某某，我和蔡屹对视了一眼，我知道他当时想说什么，你和你妻子都不清楚，王某某只是徒有其名。蔡屹那年刚进分局，年纪比我还小一点，难免同情心泛滥，是我出声打断了他开口的念头。他也奇怪，我一个跑新闻的实习生怎么对什么事都这么了解，我说，万老师这个案子受害人有两点你得注意：一是受害人患有甲亢，二是他有呼吸障碍，每晚睡觉都得戴个呼吸机。可能是我错判了你妻子当时的平静，也可能是我其实知道加上这两点对判决也起不到什么关键作用，一审的时候我去听了，律师果然没有用上这两点信息，最终的结果我们都知道。不过请律师花了二十来万，我知道她确实是倾家荡产了。后来我跟蔡屹说，你当时如果提醒她是涉嫌越权妨碍司法公正，等他回过神来，才又补充道，李老师曾经教过我两年英语，我了解她的性格，你说什么也没用的。他没意识到，一个班有五十多个学生，一个老师通常要带两到三个班，除了了解及物动词和不及物动词的区别，我能了解什么啊。

现在我连及物动词和不及物动词的区别也都忘了，就记得你妻子念英语的口音不正，带桐城口音，总惹得全班哄堂大笑。她也不生气，继续那么念着，浑不在意似的。

过了四年再碰到蔡屹，他成熟了不少，也学会对新来的小年轻发脾气了。干一线的人脾气都不好，再过几年就又好了，因为最破的破事儿都挨个儿碰完了，都学会跟老孔一样的口头禅：“好大事。”当时蔡屹跑到五楼冲着搞勘察的那个新来的刑警发脾气的时候，老孔就是这么劝的。这事我没亲眼看见，是老孔跟我搭档踩点的时候说的。发脾气也应该，五年前那个案子一开始，谁都没想到会是那么大一个案子，连老孔都没重视。失踪者的儿子来报案的时候，我们只找到了失踪者失踪那天在银行和路控的两段录像，当时街上布控的摄像头还没那么多，质量也不好，路控的录像显示失踪者被一辆踩自行车的男性从鸭林冲附近的公交站接走，搞勘察的小年轻信誓旦旦地保证那男的身高在 170 左右，大家也就信了他，在鸭林冲蹲点两个月，都按 170 这个信息摸人。犯人没抓到，倒是抓了几个偷窃内衣内裤的、偷窃花瓶的、撬人车锁的小贼，还有卖淫的、嫖娼的、打架的，甚至处理了几起家庭纠纷，什么样的事儿都有。老孔那时候话还比较多，不像现在，只会讲三个字，“照”“烈”“搞”。胡大则不管开口讲什么都是以“哄妈逼”和“愣你妈”开头。杨舒明是最有技术经验的刑警，在一线干了很多年，人长得很帅，棱角分明，说话前总要沉思良久，吐几轮烟，等到烟雾退散干净，再来一句，“这个点位恐怕我们找得不对。”后来他升了副局长，开专案会议的时候，也是这个派头，整个会场就数他最像警察，跟电影中的差不多。干了刑警你就会发现，乍看上去，你根本分不清谁是警察谁是犯人，有的时候，犯人看着甚至比警察还要干净点。最近我跟的案子主犯就是这样，审讯的时候蔡屹连珠炮似的一开口，吼了半天，主犯才说：“我是一个斯文人，你能不能不要跟我这样讲话。”主犯叫沈见云，名字倒是挺斯文，干的买卖是套路贷，好听点叫小额贷款，其实就是以各种恐吓手段把贷款人的抵押房产滚雪球般弄到手，专挑老弱病残下手。心黑得很。从不自己出面行动，脏事都让合伙人和打手去做，他幕后遥控，垂帘听政。他挺倒霉，正巧撞上中央督导组下沉到我们市。“你手下都已经交代了，你知不知道你这个事情，至少得判二十年？”蔡屹这么问，他才稍微放下了点斯文人的架子，说：“我知道。”其实他知道个屁。我和蔡屹审完他，路过隔壁审讯室，犯人完全是另一副样子，激动得手舞足蹈，连着整个审讯椅花枝乱颤。蔡屹给我递了根普皖，小声说：“这个，一看就还没见过律师，话都不知道怎么说。”见我没搭话，又说：“沈见云也是搞笑，把受害人房子搞到手，还塞了两千块钱给人家，现在的人我真是搞不懂。”我还是没搭话。那时我的心思已经不在他的话上了。

还是说说跟你有关的事情吧。

抓捕你的那次行动我没跟着，一是要跨省，也不知道去了得跟多久；二是我当时还太嫩，不过是个实习记者；三是你的案子动静太大，公安对媒体不放心，封锁一切消息。全市跑社会新闻口的记者都在守这个案子，就像一群秃鹫守着一具奄奄一息的尸体。我的编辑给我介绍了老孔对接，他当然没搭理我，当时他和胡大是负责这起案子的主要探员，争分夺秒地忙着四处找线索、找和你有关的人、侦查、研判、开会、发布悬赏通告。发布悬赏通告通常是最后一步，万般无奈。十年前想要找一个人出来，不比二十年前简单多少。技术发展有个摩尔定律：“集成电路上可容纳的晶体管数目，约每隔两年便会增加一倍”，是由英特尔的创始人之一戈登·摩尔提出的。你可能知道。现在想找一个人，就简单多了，连我们技侦都用不上。最近不是因为这场浩大的行动，本来也用不着把我从技侦抽调到一线，人手实在不够。主要人马在搞另一个案子，残疾人团伙开的流动赌场，那案子比我和蔡屹跟的套路贷要大不少，真正意义上接近涉黑，犯人倒是不难抓，悬赏通告一发，嫌犯纷纷自首，难的是找受害人。去赌场赌钱的，要么怕打击报复，要么自己身上也背着案子，干脆一躲了事。用蔡屹的话说：“都是一帮烂人。”那案子的主犯叫刘杰，五十来岁了，腿脚不大方便，最早是蹬三轮的，后来结识了一帮蹬三轮的残疾人兄弟，一合计就开起了赌场。抓过，出来了，然后继续开。汲取失败教训，从哪里跌倒就从哪里站起来。经验越来越充足，场子也越来越大，哪里都有他的兄弟，后来不光是残疾人，身体健全的也参与进来了，招商引资，明面儿上是开洗浴中心、娱乐会所的，赌场和实业分开，流动性质，随赌随开，场子随赌随定。赌场管理模式极其复杂，大股东、小股东、内场团队、外场团队、经营团队、赌客团队，还有望风的、护场的、管交通的，每个赌场四个大股东，大股东下设四五个小股东，抽水获利，其他人结日工资，两百到六百不等。每晚开布控会议我和蔡屹也得参与，整个分局的人都调动起来了，还有从下面派出所抽调过来的人，也根本抓不过来。投影上光是他们的整个组织架构一页都显示不完。“他们赌场分团队，我们也分团队。”杨舒明说——现在得叫他杨局，“两个大组，一个内勤组，再加一个机动部队。”我和蔡屹属于机动部队。刘杰其实早就被我们抓了，看守所蹲一个月了，零口供。自首的都是小股东和结日工资的人。“现在你们第一个任务是抓大股东，第二个任务是对衍生犯罪进行查证，一经查证，立刻立案。”杨局说。小型抓捕行动已经断断续续持续了两个月，现在不比九十年代，一个警察出警能抓十个人，喊一声“不许动”，人就真的一动不敢动，现在出去十个人，才能抓到一个人，还得偷偷摸摸的，一旦暴露自己是警察，人就全跑了。警车自然是不敢开，就算开了也不敢鸣笛，一鸣笛街上的车倒跟你抢起道来。杨局部署完，就问上一次抓捕行动结果怎么样，会场没人回话，过半天一个人答：“结果怎么样我不知道，反正受伤的是我。”全场哈哈大笑。胡大给那人抛了根烟，骂道：“愣妈逼现在这些逼侠们对警察可还有一点敬畏心？”杨局沉默半晌，吐了口烟，一拍桌子，说：“那这个点位不就来了吗？谁打的你？几个人动的手？开完会立刻做材料，先给他定个袭警，妨碍公务罪，关到看守所再说。”

我和蔡屹白天去看守所审沈见云，晚上睡局里宿舍，随时待命。沈见云也不好审，见完律师，更斯文了。知道什么话该说，什么话不该说。一口带上海口音的普通话，人是肥西农村的。蔡屹问：“上门泼油漆可是你叫人泼的？”他答：“我怎么会叫他们泼油漆呢？油漆味道这么大，周围邻居都得报警的呀。”蔡屹问：“把人家两个小孩带到公司去可是你叫人带的？”他答：“不是，我就算要债也不会把人带到公司去啊，我公司是要做生意的呀。这样我怎么带团队啊？”蔡屹问：“你还带手下那些人出去旅游？钱是你出的？”他答：“是我出的，团队建设嘛，也不能天天都干活，不然人家怎么跟你。”蔡屹说：“你还跟我讲起怎么搞管理做生意来了？！沈见云，我问你，你招的那些人，身上有几个不带文身的？！啊？”他冥思苦想了一会儿，说：“文身这个我还真没注意，我招人也不是看对方有没有文身啊，是要看这个人能力行不行能不能拉到客户嘛。”蔡屹说：“你手下那个大磊他文身都纹到下巴根了你说你没注意？”他说：“大磊有文身我记得，可他文不文身是他自己的事，我也不能管人家文不文身啊。”蔡屹吼：“你不就是一个在超市杀鱼的吗？你账上有一百多万，这钱怎么赚来的你心里没数？你是搞高科技的啊还是你是研究生是博士啊？我不是贬低你人格，我们警察一个月才多少工资？你凭什么啊？”沈见云不说话了，满脸通红，也不知道是因为被贬低了人格还是撒了太多的谎，过了一会儿才开口：“我相信举头三尺有神明，是我做的我都会认，不是我做的你问我我也不知道啊。”这话不是亲耳听到我还以为是影视剧台词。总之就是全程绕场。我们只好一天天地审，每天问的都是一样的话，直到把他搞崩溃为止。审讯主要由蔡屹来审，我只是个陪衬。因为按规定审讯必须有两人在场，还得全程录音录像。唯一的好处是看守所的伙食比局里食堂好些，所以大家都把去提审视为改善伙食，算是门不错的苦差事。看守所的审讯时间是上午九点到十一点半，下午一点半到四点半，超过时间了狱警就满场赶人，犯人四点半得吃饭，五点才轮得到其他人。中午的时候我们就在看守所食堂里面的沙发上躺一会儿，蔡屹也不睡觉，总是拿着个手机打一个叫“吃鸡”的游戏。审了几天他问我：“现在你知道干现场多累了吧？”我说：“我知道。”他说：“还是你们九楼舒服。”我说：“也不舒服。”他说：“怎么不舒服了？”我说：“心里不舒服。”他说：“跟这些烂人打交道心里就舒服了？”我说：“至少感觉真实一点。”我又说，“还能跟人说说话，不像我们，什么事都得憋着。”他说：“也是。”他又说：“还是以前好，哪来这么多规矩，审个人费这么大劲，干什么都要做材料，留档案，文山会海。”我说：“费事是费事了点，不过以后查东西不就方便了。”他说：“也是。前人栽树，后人乘凉。大数据，我都不知道这个词哪来的。”我说：“硅谷。美国人发明的。”他说：“高科技。”又说，“哎对了，你以前不是记者吗？写材料你应该拿手吧？”我说：“两码事。”他说：“也是。”埋头继续打游戏，突然又抬起头，“你可记得孙建才那个案子？”

我说：“记得。”他说：“你知道当时他怎么招供的吗？”

我说：“不是逮着他就招了吗？”他说：“不是，我说他后来那个案子。”

我说：“哦。怎么招的？”他嘿嘿一笑，说：“老孔没跟你说吧。毕竟当时你还不是自己人，这种事不好跟你讲。”

我说：“怎么招的？”他说：“当时他不肯招，老孔审完拿了身衣服给他换上，准备押看守所了嘛，结果他不清楚状况，毕竟牢坐久了，不知道现在是什么时候了，就问老孔这是要干吗，老孔灵机一动，骗他说准备送去枪毙。他以为还跟七八十年代一样哪，随便抓个人口头定个罪就直接送去枪毙，一下怂了，就全都招了。”

我说：“哦。还有这事。”他说：“所以说还是以前好。不招就直接一板脚。哪像现在？上次开会市局来了个领导，说你们开枪的时候注意一下，别往致命部位打。这不是搞笑吗？别往致命部位打，你让射击冠军来打打看，可能有那个枪法？说完了之后又猛地怪叫一声“好险”，是在说游戏。

我没接话。他说：“愣妈，卡了。”

我说：“啊？”我其实知道他在说什么。他说：“这破手机。”

我说：“局里马上不要发新的了？华为 M20 吧？”他说：“我这就是。”

我说：“你自己买的啊？”他说：“之前发的坏了。愣死启动不起来。那天事还多，局里找我找疯的了。我让同学给我从百脑汇赶紧送了一个过来。”又说，“反正这批名单也没我，还得等一年。”

我说：“正好，发了给你女朋友。”他说：“分了。”手指又开始飞快地操作。

我说：“分了？”他说：“分半年了。”

我说：“为啥分？”他扑哧笑了，说：“你觉得哪个人愿意跟警察处对象？老孔到现在不还单着，都四十多了吧他。张旭、大翔都在闹离婚。生了孩子的更惨，想离都离不了。”

他说的张旭就是之前鸭林冲那案子时刚来的搞勘察的，当时谈了个女朋友是学医的，第一次接触命案，后来去挖掘现场，女朋友非要跟着，因为好几天见不到他人，领导也准了，到了现场女朋友没啥反应，他自己先吐了。后来说好长一段时间都不能吃肉，有次闻到楼上邻居在炖排骨汤，在家吐得稀里哗啦。

我说：“张旭当时能结婚我就挺稀奇的。”

他说：“再跟你说一个好笑的事，现在缉毒大队那个小马你知道吧，前几年刚进来的时候，有次出警听说对方可能有枪，他还穿了防弹衣，搞得跟真三似的，哼哧哼哧到了一看，就他一人穿防弹衣，几十斤重，跑都跑不起来，后来你知道他怎么把对方制服的？”

我说：“怎么制服的？”他说：“他上前就把对方抱住压倒，他一个一百六十多斤的人，再加上几十斤防弹衣，对方活活给压得动弹不得。”说完他自己先笑了起来，见我没啥反应，适时地停止了笑声，又叫，“这帮逼！”说的还是游戏。我靠在他对面的沙发上，只能看到几个小人在里面乱走，眼花缭乱的。

打了一会儿他又说：“哎，跟你说这些也没意思，以前的事你也不晓得。”

我说：“我比你还大一岁呢。”

他说：“我也纳闷，游戏你也不打，说话你也不乐。想跟你开黑吃个鸡都吃不了。我看你还是跟老孔搭档比较合拍。他也是个闷豆子。”又说，“不对，他话少，但不闷。”

我盯着手机屏幕看一个搞笑综艺视频，说：“游戏我也打过。”

他说：“什么游戏？”

我说：“《仙剑奇侠传》。”

他说：“几啊？”

我说：“几？”

他说：“《仙剑》几？”

我说：“我就打过一个，好多年以前了，我还在上初中。”

他说：“你上初中，那是什么时候？〇二、〇三年？”又想了一会儿，“那是《仙剑二》了。”

我说：“主角是李逍遥？”他说：“不是，二讲的是李逍遥后人李忆如的故事。那你打的就是一。好老了，九五年出的。”

我说：“那我打的就是一，讲李逍遥赵灵儿的。”他说：“你怎搞那会儿才打？”

我说：“我初二家里才有电脑。”他说：“那你家里条件也算不错了。我到上大学才有的电脑，还是我自己打工赚钱攒的台机。”

我说：“那年我爸去世了，给我留了笔钱，我用那钱买的电脑。”

他抬起头看了我一眼，又飞快地转回去，眼睛盯在手机屏幕上，手指还在动着，但心思好像已经游离到了其他地方，没多久屏幕上就出现了游戏结束的画面。

我说：“不过都好多年前的事了。”他说：“哦。”又问，“你是哪个初中的？”

我说：“四十四中。”他说：“高中呢？”

我说：“六中。”他说：“好学校。”

我说：“你呢？”他说：“我不是合肥的，我宣城的，你忘啦？”

我说：“哦，对。可能是你合肥话讲得太地道了，我老以为你是合肥的。”他说：“毕竟也待了十来年。”又说，“你好像不大讲合肥话。”

我说："我讲的不是合肥话？"他说："有口音，但不够土。"

我说："哦，可能是因为我们学校都讲普通话吧。上学的时候讲合肥话要给人笑。"他说："你父母不讲合肥话？"

我说："我妈不是合肥的，我爸很早就死了。"他说："哦对。"像是懊悔再次听到这件事。

他退出游戏，看了眼时间，说："还有一刻钟。"

我还靠着，说："我就打过那一个游戏。游戏盘是我初中同桌给我的，说特别感人，非要我打。说她打完哭死了。"他说："是挺虐的。不过也就那样吧。"

我说："嗯，也就那样。"

他坐了起来，提上包、审讯箱，说："走吧。"

我也坐起来，说："走。"看了眼手机屏幕，还没播完，于是没锁屏，拿在手里，让视频继续无声播放。

我们从食堂走出去，向看守所的方向走。

他突然开口，说："我刚想了一下，认识你也快十年了吧。"

我说："九年。"

他说："对，九年。"顿了顿又说，"但我感觉好像完全不认识你似的。"

我说："怎么才算认识？"

他说："我就说，我感觉不太了解你。"

我说："两个男的之间有什么好了解的。"

他说："怎讲呢，我总觉得你不太像警察。"

我说："那像什么？"

他停下来，故意严肃地看着我，说："更像一个卧底。"说完自己又笑了。

我没停，走了两步，上到看守所大门，掏出警官证跟门口守卫的武警比画："提审。"

武警看了眼证件，给我们开了门，我拉开门走进去，蔡屹跟在后面。我走到大厅，填好申请，从窗口递进去，蔡屹站在旁边，掏出烟盒，给我递，我没接。狱警说："7号。"

我们往审讯室的方向走，得先路过长长一排律师接见室，让蔡屹有工夫抽完一支烟。路过厕所的时候他让我等一下，进去撒了泡尿，出来的时候，烟还没抽完，我说："你这话我也听别人说过。"

他说："什么话？"我说："卧底那个。"

他说："哦，还有谁？"我说："杨局。"

他说："哈，他怎么说的？"我说："还是孙建才那个案子的时候，我还在做记者。那阵子我不是早晚都跟着你们吗，你们人手不够还叫我去跟着出把力。"

他说："你这话说的，那是看在你跟咱们熟的份儿上让你体验一下现场。”我说：“对。体验现场。当时我家住得远，经开区那边，就杨局跟我一个方向，有时回去我就搭他车。杨局你知道，我也不知道跟他讲什么。有次在车上，他突然问了我半天写东西的事，说你们握笔杆子的是不都得经常体验生活，我说算是吧，他说哦，那你来我们这儿不就是来卧底的？”

蔡屹乐了，笑了半天，说：“是像他会说的。你怎么回的？”我说：“我没说话。”

他说：“要我我就说是，他肯定就没话了。”我没说话。

7号审讯室门开着，沈见云已经坐在里面了。蔡屹在门口抽最后一口烟，我等着他。

我没说杨局后来还说了一句话，他说：“你们写东西的，一定很擅长撒谎。”我没看他，他也没看我。我说：“你说的是作家。我不是作家，是记者。”说时我从脚旁边的包里摸出一盒烟，杨局看了眼，说：“这什么烟？”我说：“我也不知道，瞎买的。”他匀出一只手，把烟盒拿过去，眯着眼瞅了瞅，说：“中国红，金圣，江西的。”然后还给我。我抖出一根递给他，在包里找了半天没找到火，他说：“我这有。”从手刹旁边找了个火机，上面写着某某会所。我给他点上，自己也抖了根点上。他把两边车窗放下了点，风猛地吹进来，我呛了几口，他瞟了我一眼，说：“你个会抽啊？”我说：“会，就是风有点大。”我把火机放回到手刹旁，他说：“你拿着吧，我不缺火。”

那盒烟被我陆续散给了老孔、胡大和蔡屹。那个女警也抽烟，但为了不引起注意，就没抽。胡大看到烟盒，第一句话就是：“你这烟腐败啊。”胡大那时老抽南京，中档的，五十块左右。老孔什么都抽，荷花，黄鹤楼，普皖，偶尔掏盒 1916，胡大就笑问又有谁给他上供了。蔡屹一直抽普皖或是金皖，没见他换过别的，除非是断烟了的时候。烟对警察来说跟命似的，管后勤的只要听说谁彻夜干活，就会抽空送几包烟过去，给干活的兄弟续命。现在大家都不抽中高档烟了，只有胡大还在抽他的中档南京，开会时则换成秘密花园，云烟下面的一种细烟。他就那性格，说话口无遮拦，做事也大大咧咧，但不记仇。胡大说完那句话，我就把烟换成了普皖。当时我抽不出区别，现在才知道那烟是真的好抽，卖一百不是没道理。

在鸭林冲踩了近两个月的时候，大家都疲了。报案人也不急了，他也知道他妈是干吗的，五十多岁了，总是跟男的鬼混，出什么事都有可能。来报案的时候就跟我们说，可能不是失踪，就是自己躲起来了，或者跟哪个姘头跑了。本来光是一个失踪案，也不会引起分局的重视，是当时不久前正好发生了一起强奸杀人抛尸案，在距离鸭林冲不远的一块荒地上，什么线索都没有，分局觉得这起失踪案可能和那案子有关系，就锁定在了鸭林冲。这地方平时就乱，经常出事。后来踩了两个月都没动静，胡大这组和杨局这组都准备撤了，因为还有别的事要忙，觉得不值得在这个失踪案上花太久时间。鸭林冲的人对我们也都熟了，查不出更多的东西。在那里摆摊卖瓜的统共有十来个，一开始我们在那附近转悠的时候他们还把我们当成买瓜的，见到就吆喝，后来看我们隔三岔五老来，知道不是买瓜的，套了几回近乎，不确定我们是干吗的，但心里多半有数。后来跟我们熟了，经常叫我们帮忙看个摊子，自己去附近撒尿，或是去附近找朋友聒蛋，几个人支一个小桌打掼蛋。最后就剩我和老孔还驻守在那儿。天已经很热了，老孔还穿着双黑布鞋，坐在瓜摊后面，有人来买瓜，他就招呼老板过来，不敢擅自替他买卖。最常让我们帮看摊子的老板是长丰的，和几个长丰老乡是隔壁村的，自己不种瓜，是收购了村里瓜农的瓜以后再一卡车拖到市里来卖。老乡有开五金店的、有开小卖铺的、有做水电工的，干什么的都有，其他卖瓜农大多是肥西的，自成一个团伙，他跟他们玩不到一起，所以一跑就跑老远，经常找他找半天。有次来了个买瓜的，老孔去找老板，半天没回来，我就自作主张卖了。回来老板也没说啥，默认了我们之间的信任关系，还切了一个瓜让我们解解渴。老孔没拒绝，我也就跟着吃了。老孔问老板：“你知道你一车多少个瓜吗？”他说：“我哪儿知道，按斤收的。”老孔说：“那他多卖了少卖了你不是也不知道？”他说：“不会的，我瞅他机灵。”老孔说：“那你就不怕他中间砍一道儿给你抽个水？”他笑了笑，说：“我知道你们是干吗的。”老孔说：“干吗的？”他说：“来找人的吧？”老孔也笑了笑，没说话。他们讲话时我又流鼻血了，这回我自己意识到了，从裤兜掏出一团纸擦了擦，然后撕下一块揉成一小团把一只鼻腔塞住。老孔看了看街上的人，说：“没见那姑娘啊，你怎么又流了？”我说：“热的。”他说：“你好好的办公室不坐空调不吹，非得来受这罪干吗？”我说：“记者哪有坐办公室的。”他说：“我估计没两天咱们也就撤了。”我看了一眼老板，他离我们两步远，嗑着瓜子，眼睛瞟着大街，也不知道在不在听我们说话。我说：“局里来指示了？”他说：“哪有什么指示，总不能一直在这蹲着吧。”我说：“那案子就不管了？”他说：“破不了就搁着呗，也不能硬破吧。”我说：“万老师那个案子你们当时怎么破的？”

他看了我一眼，说：“哪个万老师？”

我说：“就是教师新村那个案子。”

他说："哦，你说那个。那案子你当时不也跟着在吗？"

我说："我当时只是在外围，没跟你们去现场。后来你们抓捕整个过程我也没跟。当时你不是不让我跟吗。"

他说："那案子是比较大，不合适让你跟。"又说，"但我记得当时新闻稿是你写的吧？后来全省媒体都用的你的稿子。那叫什么？独家新闻。"

我说："哦，是。我还拿了个新闻奖。毕业就直接进了报社，免试录用。"

他说："烈。我当时就觉得你小子照。"

我说："当时你们谁都不让跟，万老师跑了之后，是我提供了一条线索，你们才让我跟的。不过也就是跟个外围。"

他说："哦？还有这事？你说了啥来着？"

我说："我说万老师很有可能去了南方，深圳或者东莞。"

他说："哦，就这啊。我想起来了，好像是的。"

他没再说话，好像这件事的重要性已经完全被记忆稀释了，不值一提。那个时候他的反应不是这样，编辑给我介绍他对接之后，我去了几次分局，都没人搭理。直到我有次终于在分局门口撞见老孔，那时分局还在市里，一栋二层高小破楼，现在那里变成了分局的执法办案中心，嫌犯抓到后先送到那里扣押，进行四十八小时审讯。我拦下老孔重新介绍了一次我是谁，说想采你的案子，他说不好意思他正忙，抬脚就准备走，我说关于这案子我还有一些线索想提供，他这才停下来，问什么线索，我说你的妻子李老师是我高中两年的英语老师，我还去你们家上过英语辅导课，对你有一定的了解。说到这儿他开始往回走，请我进去坐坐。他办公室在二楼最里面一间，当时还是普通探员，隶属重案组。我坐下来，他给我倒了杯水，拿起桌上一盒烟，想给我递，我说我不抽烟。他这才反应过来，抽回手，说看你样子还是学生吧？我说大四，正在报社实习。他说具体情况你展开说说。我说我其实知道的也不太多，就知道你在育英中学教语文，高二升高三的暑假，也就是〇六年夏天的时候，我和另外几个同学一起在你家上过暑期英语辅导，因为高一高二就把三年课程学完了，高三整个一年都得用来备考，我们学校的学生通常都会在这个暑假提前上辅导课，稳固重点知识。他说哦，你说重点就行。我说我就是那时见到的你，瘦高个，眼皮耷拉着，好像睁不开似的。他说你是长这样。我说你家住在教师新村某单元某号，六楼，是顶层，家里是个二居室，一间卧室，一间书房。我们本来在客厅上课，因为宽敞，可客厅没空调，只有一架老式吊顶风扇，一开就呼啦呼啦地响，大家热得汗流浃背，后来李老师就把卧室里的立式风扇搬了出来，也不管用，还是热。后来我们就搬到了书房，因为只有书房有空调。我就是在那时看到你家书房里有个低音提琴，我说李老师您还会拉大提琴啊，她说那是低音提琴。老孔已经有些不耐烦了，说这些我们都知道，现场都去看过不知道多少回了，你就说万老师就行。我说一开始我们在客厅上课的时候，你一般都待在书房不出来，偶尔出来上个厕所，也不跟我们说话。后来我们挪进了书房，你就搬到了客厅，一般都在看电视，有时能听到你看电视时发出的笑声。有次我出来上厕所，才看到你看的节目是《快乐大本营》，当时还觉得有些惊讶，没想到老师也会看我们看的节目，看我们看的节目也会乐。老孔说你要提供的线索就是这些吗？我说我觉得万老师不像一个会杀人的人。老孔说他老婆也是这么觉得的。我说我听到有传闻说万老师妻子和被害人有不正当关系这是真的吗？他说不好意思这个我们也不知道，知道也不会说。说到这他站了起来，说你还有什么要补充的吗？我说有。我说我在李老师家补课的时候听到他们俩吵过架，好像是为钱的事，我说我听到万老师曾经在深圳东莞一带打过工，他对那一带熟悉，如果他要跑，很可能会跑到那里去。老孔沉默了一会儿，说知道了。

他又问，后来你还见过他吗？我说没有。他说你还认识什么和他有关的人吗？我说不认识。他说你当时不是和另外几个同学一起去他家上课的吗？那些人有认识他的吗？我迟疑了一会儿说，应该不会。他说也就是说你也不确定？我说我想不太可能，万老师是育英中学的，我们是六中的。他说什么意思？我说，育英中学不是什么好学校，我们学校的学生一般不会和他们学校的学生有来往，老师就更不会了。我又补充道，不过，也不排除其他可能，比如不是通过上课认识的。老孔说哦，这样。他又问，万老师老婆那个事情你从哪儿听来的？我说哪个事情？他说不正当关系那个。我说我前两天想去采一下李老师，没见到她，就和他们小区门卫聊了聊，门卫说的。他说这都是谣言，网上传什么的都有。我说我也上网看了，还看到有万老师的学生发帖让他快回来自首。他没说话。我说我看到有学生说万老师借钱给他缴电话费，都是好话。他说这些都不足以说明什么。我说嗯，是不足以说明什么。我们没再说话。老孔又一次站起来，准备送我出去，送到门口时，他说，你要是想跟这个案子就跟吧，只不过在人抓到以前不能乱写。我说不会的，我是记者，写的只能是事实。

后来我就成了唯一还能跟你的案子摸到点边的记者。当时你已经逃了二十来天，网上的传闻铺天盖地，有说你妻子跟受害人有一腿，是情杀，有说你和受害人早有积怨，是仇杀，有说你贪图嫉妒受害人的家产，是谋财害命，育英中学的贴吧里还有不少你的学生发帖，有呼吁你赶紧回来自首的，有说你是一个好人经常接济学生的，也有惊讶于你会犯下这种罪行的，多数帖子都是匿名，只有一个 IP 地址。那其中有一个 IP 地址是我的。因为接触不到核心线索，我只能从老孔介绍我对接案情的蔡屹那里得到些许他们的侦查动静，每天都泡在育英中学贴吧里关注一切和你有关的信息。大部分信息都没什么用，直到有一天一个叫“万鹤去死”的 ID 跳了出来，声称知道你的绝密信息，你杀被害人不是因为别的，纯粹是因为你是一个心理极度扭曲的变态。这个 ID 在许多和你有关的讨论帖下回复一模一样的那几句话，看上去是批量复制粘贴的，没有引起多少人关注，毕竟这种帖子一直以来也有人发布，看客只会觉得又是一个网络喷子。偶尔有人在底下询问，这 ID 也没有提供更进一步的信息，只是反复地咒骂，很快便不再引起人们的注意。

除了我。

我给那个 ID 发了私信，问对方为什么这么说。对方当然没回我。隔了几天我继续发私信，问对方知道有关万老师的什么信息。仍然没有收到回复。又隔几天，我问，这和万老师的出身有关系吗？对方终于回复了，问我是谁。我说我是万老师的一个学生，知道一点他的情况。对方问我知道什么。我说我知道万老师老家是农村的，具体是哪里不知道，但他老婆是个城里人。对方似乎觉得我敏锐地觉察到了一个切入点，回复我说，你知道这个人渣为什么眼睛总是半睁不开吗？我问为什么。对方说，因为他妈是被人抢亲抢过去的，他妈生下他之后他爸家里怕人带着孩子跑了，就一直关在小黑屋里，等到一百天后才放出来，他出生以后一直没有见到光，眼皮肌肉受不到刺激没长好，所以后来就再也睁不开了。对方说到这我就没有再回了。隔了几天对方又发消息来问我怎么不问了，我回因为我不相信你。对方回去死吧，就再没发过消息。

你杀了被害人之后逃得很快，老孔他们只查到你连夜去了南京，然后去了重庆，这之后就再无半点线索。他们本来觉得你可能会往川藏一带跑，那里是个躲藏的好地方，后来又觉得这可能是你故布疑阵，在我给老孔提供了那个线索之后，没过多久，他们就赶往东莞一带，和当地公安取得联系，在整个东莞及其周边地区进行布控。局里一下子空了，只剩下我和蔡屹。蔡屹说这案子影响太大，上面领导下了死令，三个月内必须把人抓到。这中间我去找过一次你妻子，是在学校里找到的，那时她在带两个高三班，临近高考了，学校觉得这对她和学生都不好，就暂时停了她的职，让别的老师代班，薪水照发，让她做一些教务工作。我找她那天是一个黄昏，她没在教职楼，同一个办公室的老师说她应该还没走，包都还在，我就在学校里找。我们学校不大，一栋教学楼，一栋教职楼，还有一栋实验楼，剩下的就是一个篮球场、一个体育馆和一个足球场。十分钟能够把学校转一圈。我从教职楼出来往里面走，没多远就看到足球场里有个人，在一圈圈地走，我快走了几步，走进足球场，叫道，李老师！她停了下来，转过身看我，我跑了几步到她面前，又说，李老师。她看了我几眼，没认出来，问我是谁。我说我是她之前教过的学生，五班的，〇四级的。她漫不经心地说哦，也不知道有没有想起来。我说我还上您家补过课，你家书架上有不少书，有两排都是英文书，我还借过几本。她说嗯，你找我有什么事吗？我说我现在在报社实习，做记者，想问一下有关你的案子的事。她说对不起我不接受采访。又说，曾经是我的学生也不行。我说那我不问了。她就转过身去继续走。我又追了两步上去，跟她并头一起走。她也不阻拦，只是自己闷着头走，好像对其他任何事都不在意似的。我并头走了几步，又觉得不合适，就故意落了两步，跟在她后头走。操场一圈是八百米，上学的时候我经常在晚自习后来这里跑步。走了半圈，她突然停下了，说，我每天在这个操场走，我知道我走过的时候，所有人都在我背后指指点点，你知道我是什么感觉吗？我说我知道。她说你知道个屁。又接着开始走。我继续跟在她后面。又走了半圈，她又停下了，说，我希望他们赶快抓住他，又希望他们永远别抓住他，他跑得越远越好。我沉默了一会儿说李老师您多保重，我先走了。她没说话，继续向前走了。我走出足球场，朝学校大门走去，路过门口附近的校展示窗，上面贴着一些通知和海报，一张海报上写着“合肥六中 2009 年度文学之星”，下面是一名学生的照片和名字。我想起来我的名字曾经也在这张海报上。

不好意思，之前那支笔水写光了，他们给我重新拿了一支，写的时候才发现颜色不一样，希望你不要介意。

直到鸭林冲那案子时，我都还以为是我提供的线索给了老孔他们找你的方向，等我自己干了刑警，才明白我能提供的信息，警察一定早就知道了。那时我还天真。老孔他们去了十几天，终于决定张贴悬赏通告，合肥、你老家金寨、李老师老家桐城、东莞、深圳等几个地方同时发布。自那之后举报线索不断，老孔他们只能分出几个行动队出来，一部分核查线索，一部分在东莞贴地摸排，一部分在几个你可能会出现的地方蹲守。我在你家上辅导课的时候，曾看到书架上有一本厚厚的英文书，名叫 *Moby Dick*。一开始大家都很老实，休息时也不敢随意走动，后来去得多了，课间时大家就站起来在书房四处研究，有的还走出去到客厅和你一起看会儿电视，我通常会站在你家书架前浏览，不过很少抽出来翻看。那次李老师见我盯着书架浏览，就抽出了那本 *Moby Dick*，说我如果有兴趣可以借给我回家读。我问这是什么书，她说是一本小说，中文名叫《白鲸》，是一个美国作家写的，讲的是捕鲸的故事，不过单词量很大，我可能读不明白。又说虽然读不明白，读一读也挺好。我问那我能不能多借几本，她说没问题，我就从书架上抽出了那本《社会工程学》和另外几本书，她看了看，说《社会工程学》这本是万老师的书，不过我想看也没关系，她随后跟你打个招呼就好。我不知道她后来有没有跟你打招呼，估计打了你也没有太在意。我们在你家上辅导课通常是每周两次，每次三个小时，一小时五十块。我一共上了八次，就没有再去了。最后一次去的时候我把那几本书带上，还给了李老师，并告诉她我家经济条件有限，还要同时上数学和文综的辅导，剩下的课就不继续上了。她说没关系，你自己安排就好，还给了我接下来的课的讲义复印。后来高三，你妻子回老家待产去了，我们就换了一个英语老师，会讲一口标准普通话和一口标准英式英语。那几本从你家借来的书我大多都没怎么看，*Moby Dick* 只翻了一个开头，看懂了第一句话，就没再继续读下去了。上大学的时候，我在图书馆又看到这本书，翻译版，又重新借来看，也没看完，实在太厚了，就知道故事讲的是一条船的船长要找一只叫作莫比·迪克的白鲸。也不知道最后找到了没有。

举报你的线索太多，大多都是无用的信息。这就是发布悬赏通告的缺点，有时候来举报的线索写得跟小说似的。最近残疾人赌场刘杰那案子就是，五花八门，什么都有。有一封匿名信发到举报邮箱，打印出来搁在老孔办公桌上，我那天路过一看，举报人说自己曾经在工地打工，见到三个人正合伙埋尸，过了几年自己跟着装修队干活，有次在某家搞装修，一看那家主人，正是他之前看到埋尸的三个人中的一个，叫刘杰。正好老孔回来，我拿着信就跟他说："这举报信写得也太假了，你们也要处理？"他说："特殊时期，所有线索都要核查，要不怎么人手不够呢。"我说："还写对话，对话还打引号，他能听这么清楚都没给人弄死？还过了几年巧遇，世上能有这么巧的事？”他说：“那可说不好，有时候事情就这么巧。”我跟着蔡屹弄沈见云那个案子快半个月，沈见云还是不交代，局里就安排我去跟赌场这案子，刘杰虽然已经抓住了，但还有两个重点人物没抓到，一是他弟弟刘虎，二是他一个情妇，叫小如。抓捕行动开展了几次，都没抓着人。因为对方把我们局里的情况摸得一清二楚，不仅知道刑侦大队有多少人、人都长什么样，连我们有多少辆车、车牌号是多少都一清二楚。刘虎躲在蚌埠附近一个村里，每次车还没进村，立刻就有人通风报信，村里就全知道了。小如倒是不难抓，人虽然跑了，但刚生了孩子，孩子在父母家，派人蹲着就行。一个女人不可能不回去看孩子，更何况是刚出生的。杨局开完会分析，为什么每次我们抓人对方都能提前知道，还把我们的情况摸得这么清楚？一定出了内鬼。有内鬼大家其实都知道，刘杰的赌场开了不是一年两年了，这么多年稳稳当当地开着，还做这么大，不可能没有人。一个辅警已经被我们抓了，但肯定还有更大的人物。这话大家不敢随便说。自从中央督导组来了之后，气氛就立刻紧张起来了。大家都知道举报到中央督导组那里的线索，不光有涉黑的，还有我们自己人的。只是不知道谁，纪委什么时候行动。但既然来了，总归是要带几个人走了。普通探员还好，科级以上干部都战战兢兢，人人自危。活了这么多年，谁在外面没点儿兄弟朋友？杨局在会上讲出“内鬼”这两个字的时候，大家集体心跳了一下。只有胡大还是那么满不在乎，每晚开会前逮着我们跟他在宿舍打掼蛋。为了抓刘虎，杨局把我从沈见云那案子抽调过来，从机动部队到了一队，主要任务就是抓刘虎，因为我常年在技侦，不怎么抛头露面，对方应该不清楚我是谁，又调了辆私家车来给我们用。最后一次去审沈见云的时候，蔡屹问：“搞宋娟娟她外婆的房子时，老人家哭得稀里哗啦，求你们别把房产证拿走，你看人家可怜，还给了她两千块钱，这可是真的？”沈见云沉默了一会儿，说：“是真的。”蔡屹就笑了，讥讽他说：“哦，这事你就承认了。你说你可伪善啊？把人家一百来万的房子连打带吓地搞到手，然后给人两千块钱？”沈见云不说话了。蔡屹出去抽烟，留我和沈见云在审讯室里。我跟沈见云一句话没有说过，他也早习惯当我不存在。蔡屹不在的这段时间里，我跟沈见云说了三句话。第一句话是，我从那本厚厚的卷宗里抽出了一份嫌犯的资料，问他：“你和吴晶晶是什么关系？”他愣了一下，仿佛突然听到一个哑巴开口说话，他没回答。于是我说了第二句话：“你知道吴晶晶是同性恋吗？”他瞪着我，说：“怎么可能？”

我没有继续说——我猜蔡屹那根烟应该快抽完了，于是我说了最后一句话："你这名字怪好听的，是谁给你取的？"他又愣了一下，然后说："是我妈。"

孔大有句话没说错，有的时候事情就是这么巧，尤其是当你干了警察之后。比如蔡屹问沈见云的那个套路贷受害人宋娟娟，虽然在这案子里是受害者，但没过多久，自己也因为诈骗别人进来了。蔡屹总结得一点不假："都是一帮烂人。"他说："你想想，正儿八经的人会去这种地方借钱吗？能从银行贷到款的会从这种地方贷吗？"我和蔡屹从看守所出来，蔡屹把我带到分局，我在分局门口叫了辆出租车回家。司机从上车起就跟我聊公安，说你们最近动作不小。我说是。他又说在搞赌场的案子？我说是。他继续说，昨天抓了不少人是吧？我说，师傅，你知道得也太多了吧。他说我看新闻看到的。我没搭茬，他又说，听说最近中央督导组到合肥了？我说，乖乖，师傅你真不简单啊，什么都知道。他说我哪有什么不简单的，我就是一个开滴滴的。我说这可不好说，开滴滴的我们也抓过不少。他一下子不敢说话了。车上广播在放刘欢的一首老歌，《从头再来》。我没骗他，沈见云那案子里一个打手原来就是开滴滴的，后来嫌开滴滴赚不到钱，就被沈见云招募去做了打手，只干了两个月就不干了，因为意识到他们玩儿得有点大，怂了，又回去开滴滴。结果撞上这场行动，被从上海抓了过来，什么都交代了，也得判个三五年。这算是这案子里最倒霉的一个。我当然没真怀疑司机有什么不对，每次我在分局门口叫车，上了车之后司机都爱跟我聊两句，觉得警察这工作很神秘，新鲜。我通常都是照例抱怨一下警民关系，说现在警察不好干啊，每天累死累活还得挨老百姓的骂，其实你想想，一个普通百姓一辈子可能和警察都打不上什么交道，他们最可能和警种打上交道的是交警，贴条儿啦，酒驾啦，然后就把对交警的恨发散到警察整个群体上了。现在还“有警必出”，全国两百万警察，三百万辅警，人人有困难都要找警察，我们能不累吗？我正准备跟司机按照这套路聊下去，司机开口了，说他其实是个退伍转业军人，退伍的时候有两条路给他选，一条是进工厂当工人，一条是进公安当警察，他选了工人，结果工厂没过两年就倒闭了，他之前当兵的战友有不少进了公安，所以他对公安的情况有一些了解。我没说话，听了一会儿歌，然后问师傅知不知道这首歌的背景。他说当然知道，九十年代下岗潮嘛，他就是那时下的岗。我说那你和我父亲一样，我父亲原先也在工厂当工人，合钢厂，后来国营改革，他被买断工龄，就下了岗。他说那是哪一年？我说九八年，那一年我就记得两件事：一件事是那场洪水，第二件事就是我爸下岗。他说早知道他就应该选进公安，当时觉得进公安没前途，赚不到钱，现在看还是进公安稳定。我说这事不好说，看命，也有不少人在那个时候出来赚了大钱的。他说那时候能出来赚大钱的都是机灵人。我笑了笑，说，也不好说，你没发现么，改革开放之后那些年，能翻身出来的，身上多少都带着点匪气。他想了一会儿说，好像还确实，说他原先有个战友，退伍后自己倒腾下海，开公司，赚了不少钱，结果前两年听说进去了，真是风水轮流转。又说得亏国家这两年大力反腐。我说我们平民百姓关心这些干嘛。他说也是，瞎操心。又说，还是体制好，现在个体户都不赚钱，跑个滴滴也只能图个温饱。我说，我们工资也就图个温饱，心里踏实就行，赚那么多钱干嘛。他说，也是。又叹了一口气，嗨，毕竟你没亲身经历过过去那个年代。

我没说话。其实我经历过。九八年我父亲下岗时，工厂国营改股份制，需要每个工人拿出三万块的股份钱，谁拿不出来就走人。我父亲当时工资才三百多，我妈在医院工作，不是正式编制，在药房上班，工资也才两三百。家里根本拿不出这么多钱。我爸就拿了三万多的买断费从工厂出来了。我家住在我爷爷留下来的工人宿舍里，一共四十几平米，一直住到我上大学。九八年夏天，全国都在抗洪抢险，家里电视新闻上播放着温总理在抗洪一线慰问解放军和武警官兵的画面，我家门口的洼地积出了一摊水池，我把平时家里用来洗澡的大澡盆拖了出来，坐在澡盆里划船，开心极了，仿佛这样就能划到大海去。心里想着洪水再大点，永无止境就好了，能把我家和大海连在一块儿。合肥是内陆城市，我还从来没见过海。我爸去找厂长闹事无果，回来看到我在家门口划船，把我整个人从澡盆里拎了出来，狠揍了一顿。我不恨他。从那以后他的精神就不太稳定了，一开始他最恨的人是他们厂长，后来恨的是国家，再后来，二〇〇一年九月十一日那天我从学校回来，他拉着我欣喜若狂地说，美国人被炸了，炸得好。电视新闻里反复播放飞机撞上双子塔的画面，我不知道美国人被炸和我们有什么关系。那时候他已经是胰腺癌晚期了，只是我们谁都还不知道。等到知道的时候，一切都晚了。也正因为他走得太快，没花家里什么钱。我妈在药房上班，多少懂一点行情。九十年代开始医院有了回扣这种东西，那时生物制剂可以分装，一个肿瘤病人用生物制剂，一针六十块医生可以提成六块，后来提成涨到二十，医生都红了眼，只要有公款病人来就开始游说，那时一个主治医师一个月工资才四百多，一个月开六十多支药，光回扣就有一千多，人都疯了。我妈没参与这场回扣风暴，也没让我爸在医院待太久。她很平静地对他的主治医生说你知道我们家的情况，不要卡我就行。我也不恨她。我爸离开工厂拿到的那笔钱到他走后几乎没少多少。我妈给我单独存了一个存折，说留着给我上大学用。初二的时候我曾经动过念头想用那笔钱，买一台电脑。当时我的同桌是个学习不太好、长得挺漂亮的女孩。短发，总穿T恤和牛仔裤，跟假小子似的。她家挺富裕，家里从小学时就有台386，后来又换成了486。每次电脑更新换代她都会换台新的。老师上课的时候她从来不听，总是找我说小话，很喜欢打游戏，每天跟我聊的都是游戏。我接不上她的话茬，只能听她讲。这个游戏是讲什么的，那个游戏是讲什么的。一开始打的都是单机游戏，后来沉迷网游，就经常翘课去网吧，然后找我要课堂笔记。那张《仙剑奇侠传》的游戏盘就是她塞给我的，非要我打，我只好说我家没有电脑，她想了想说，那你来我家打吧。我没答应。后来她就和我们班其他几个喜欢打游戏的男生混到一块儿去了，总一起结伴去网吧包夜，打一个叫作“泡泡堂”的游戏。这个游戏没有什么剧情，她跟我自然也就没什么好说的。她爸来过一次学校，因为找不到她人，就找到了我，我说我也不知道她去哪儿了，但某某可能知道。第二天她红着眼睛来上课，一天没跟我讲话，说是我出卖了她。自此以后，我成了她爸监视她的一件利器，她有没有和那几个男生厮混、每天上课表现怎么样、有没有挨老师批评，都成了隔三岔五她爸打我家电话时我需要汇报的内容。我通常都是有一说一。她恨了我一个学期。我的同桌名叫吴晶晶。

后来在鸭林冲踩点的时候，我又一次看到了她。她和上学时比变化挺大，长发，穿裙子，还学会化妆了，但仔细看还是能看出几分稚嫩。踩着一双跟不高的凉鞋，妆化得其实不太好，让那张脸看上去像是被摧残过似的。我变化应该也挺大，又或者是每天穿得破破烂烂，脸晒成了黑炭，蹲在瓜摊后面，看上去就像一个农民的儿子。所以她从我眼前走过好几回，都没看到我。我自然也不会主动上前和她打招呼。每次她来鸭林冲都是一个人走的，只有一次走到半路上，迎来一个小老头，个子不高，只略略和她平齐，贼眉鼠眼的。她看到他，似乎斥责了几句，对方也不生气，讨好似的要挽着她的胳膊一块走，她拒绝了，两人便一前一后地沿着小路走进去。当时老孔不在，我忘了是去找瓜摊老板还是撒尿去了。他回来时我也没跟他提这事。只是暗自琢磨着她和那个老头是什么关系，她又为什么会老往这跑。

写你的案子的那篇新闻会得奖，倒不是我写得有多好，纯粹是因为我占有了一手信息。在东莞那边摸排了一个多月的时候，大队也都疲了。人马开始陆续往回撤，局里的人又多了起来。就老孔和胡大几个人还留在那边。我从回来的人那里得不到太多信息，因为他们本身也没找到什么线索。大家都觉得你不好抓，胆大心细，行动也叫人摸不透。你杀了被害人之后，第一反应竟然不是逃跑，而是先去医院挂吊水治伤，又去银行汇了一笔款，完了才又回到被害人家中分尸藏尸，社区警察接到被害人妻子的报警电话，已经上门去查看情况了，他们撬开大门后，在客厅里没看到什么不对，当时你就躲在卧室，用被害人的手机给他妻子发信息，假装被害人还活着，说自己在老家父母那里，他们竟也被你骗了，从客厅退出来。好一出调虎离山。那时你才赶紧回到家里，收拾了几件衣服就跑了，还穿着被害人的皮鞋。后来被害人妻子回来，再次报警，警察上门看到洗衣机附近的血迹，打开洗衣机看到被肢解的尸体，这才意识到出事了，连夜立案调查。他们一开始没怀疑你，首先怀疑的是和被害人有经济利益冲突的某同事，直到你妻子发现你彻夜未归，报警说你失踪了，警察才把你和这案子联系在一起，从你家牛奶瓶上提取了你的唾液，比对从被害人身上提取到的血迹，确认了你是这起碎尸案的凶手。全城轰动。

你知道被害人妻子是怎么觉察到不对打电话报警

的吗？当时她在外地出差，联系不上被害人，你就自作聪明用被害人的手机给她发短信，说自己在回老家的路上，“去看看老娘”。被害人妻子从这句话的称呼中觉察到不对，因为被害人从来没有称呼自己的母亲为“老娘”，这是你老家金寨人的说法。

老孔抓到你回来后，没说细节，只说最后是一个举报线索立了功。当时你已经身无分文，在东莞周边一个工厂用假身份做仓库管理员做了两个月，工厂的一名工人看到了悬赏通告，打了举报电话。老孔带人立刻赶往工厂，起先没打草惊蛇，直接去找了厂长，要来厂里所有人员资料，厚厚一打，翻到快完了才终于看到你的照片，化名李军。

那天在鸭林冲瓜摊边上，我问老孔还记不记得当时怎么抓到的你，他说：“看到照片时我们就知道人就在这儿，跑不了了。我们就让厂长带我们往仓库走，一开始还没抱太大希望，觉得人可能不在。结果就是那么巧，我们快走到的时候，就看到他正从仓库里面走出来，我就喊，万老师。他一回头，看到我们，立刻就瘫软了。说，你们终于来了。”

我说：“哦，这样。”又说，“有一件事我一直没想明白，和案子无关的。”

老孔说：“什么？”

我说:“就是万老师和他妻子为什么会结婚。”

老孔说:“这有什么奇怪的吗?”

我说:“我记得万老师出身不太好,是农村的,家里很穷,他妈是被人抢亲抢过去的,自己还有些残疾,李老师是城里人,名牌大学毕业,长得也不错,这俩人会走到一块难道不奇怪吗?”

老孔想了想说:“这事我就不知道了,也没问过人家。”又说,“你对这案子怎么这么有兴趣?过了好几年了还记着。”

我一愣,说:“毕竟是我跟的第一个案子。”又说,“那你觉得万老师的作案动机是什么?”

老孔说:“意外杀人。这不是当时就结案了吗。跟邻居因为楼道里的一袋垃圾发生了争执。”又说,“其实他当时要是不分尸,不跑,被害人死后他马上报案自首,再请个好点的律师,这案子估计都能判成过失杀人。”

我说:“审他的时候他立刻就招了?”

老孔说:“是的。”想了想又说,“不是,一开始他可能还想挣扎一下,说是和一个拾荒的人一起作的案,后来才承认是他一个人。”

老孔说这话的时候,我看到一个老头从我们面前那条小路走出来,手里提着一个黑色塑料袋,我冲老孔使了个眼色，说："我觉得这人有疑点，要不上去问问？"

老孔看了那老头一眼，说："走。"

我俩便一左一右从瓜摊后面出来，朝那老头走去。那老头看到我们朝他走过去，脸上表情明显不对了，有点想跑的意思。老孔毕竟经验丰富，一看就知道有问题，连忙抢上两步把他拦住，掏出警官证。那老头也不说话，老孔说："袋子里什么东西？"老头说："没什么东西，养着玩的。"老孔说："打开看看。"老头就把袋子打开，系的是个死结，套了几层，拆了老半天，打开一瞧，里面全是蝎子。

老孔问他："你叫什么名字？干什么的？"老头说："孙建才，没有职业。"老孔把他名字和身份证号发过去给蔡屹，让他查一下，蔡屹很快回电说："这人有案底。"我们立刻把人抓起来了。

审的时候我没跟，老孔审的，四十八小时连夜审讯，同时派蔡屹去他家调查。很快一切都查出来了。这老头叫孙建才，五几年出生的，七几年的时候因杀害妻子入狱，判的是死缓，因为他怀疑妻子和岳父有不正当关系，当时吵了起来，算有个说法，激情杀人。杀妻子是用锤头敲死的。坐牢期间有减刑，死缓改成了无期，无期又成了有期，〇八年的时候刑满释放，就出来了。出来之后没地方去，就住在他侄子在鸭林冲空着的一座二层小楼里。一直都是无业，领最低保障金过活，爱好是养蝎子。我跟着蔡屹去他家侦查，是栋非常简陋的水泥砌的楼，外面围着一圈围墙，楼后面有一大片院子，还有一个半敞开的大棚，是养蝎子的地方。我们翻进去，撬开大门，一楼有个灶台，灶台旁边放着几把刀，有些简单的生活用品，二楼是他睡觉的地方，有张单板床，一个大衣柜。衣柜上沾着斑斑血迹。蔡屹立刻叫人来封锁现场。回到局里，他先冲到五楼张旭那里，把人骂了一顿，就因为他的一个“170”，害我们瞎忙活了两个月。那边老孔也很快审出来了，孙建才和失踪者是一年前经由婚姻介绍所认识，当天孙建才就花了五十块把失踪者带回家嫖宿，后来又找她睡，对方提出了一个五千块的包年价，孙建才同意了。过了半年，对方又提出要再加三千块，孙建才也答应了，先给了她，后来又想快过年了，自己有不少孙侄孙侄女要包红包，后悔了，找她把钱要回来，对方没同意，当晚他趁对方睡熟期间就用榔头把人敲死了。敲死之后用菜刀分尸，然后放钢精锅里煮，煮到肉骨分离之后，把骨头扔到后院焚烧，焚烧时还撒了盐。老孔问他为什么要撒盐，他说这是他坐牢期间跟人学的，说这样骨头烧的快。这案子孙建才交代得很彻底，很快就开始走流程，辨认现场、找相关人员做笔录、做材料、做证据链。吴晶晶是孙建才被抓时正在跟他交往的对象，和孙建才杀受害人差不多同时开始，两人认识是孙建才有次被车撞了，住院期间吴晶晶是他的看护护士，没人来照顾孙建才，吴晶晶就多照顾了他一些，孙建才觉得这护士对他挺好，就开始追她，送电脑、买首饰、给钱。吴晶晶就答应跟他睡了。老孔在她那里找到了受害人的手机，当时发现吴晶晶另有一个女朋友，才知道她是同性恋。手机是孙建才给她的，她对孙建才干了什么事一点也不知道。我没有和她正面接触过，事后看卷宗，她的口供和孙建才不太一样，她说她不想要孙建才给的东西，是孙建才死追着她不放，隔三岔五打电话给她，对她非常关心，她这才答应跟对方交往。卷宗写得非常详细，孙建才分别和受害人发生了几次关系，每次过程都是什么样的，吴晶晶和孙建才怎么开始交往的，怎么睡的，用老孔的话讲："孙建才这老头变态啊，那卷宗看着跟黄色小说似的。"后来我又跟着去了几次现场，看到孙建才屋子里的笔记本上写着一些日记："某月某日，晶晶答应跟我交往了"；"孙建才和吴晶晶正在谈恋爱"；"吴晶晶是孙建才的女朋友"。还有俩人一起去影楼拍的照片，孙建才穿着一身垮塌的廉价西装，背着吴晶晶，俩人都在笑，看着是跟情侣似的。晚上跟着老孔、蔡屹他们去喝酒，我吐了。老孔看着我乐，说你怎么跟张旭似的，你这看到的才是人骨头而已，还没见过尸体呢。孙建才在口供里说，他杀被害人还有一点，那个“卖 × 的”说他孬头吧唧，而且，他后来发现她还有别的男人。“她不就是一个卖 × 的吗？她说我孬，我想到这点就恨她。”

这个案子到这里才仅仅是开始。老孔去勘查现场的时候，注意到孙建才家里墙壁上贴着很多招贴画和报纸，孙建才仍然保留着上世纪九十年代人的习惯，什么事情都喜欢写下来记在各个地方。其中有张报纸上，孙建才写了一行字：“2014 年 2 月 13 日胜利万岁。”这个日期正是他交代的杀害受害人的日子。这行字的旁边还有两行字，一行是“2009 年 1 月 3 日胜利万岁”，一行是“2010 年 3 月 21 日胜利万岁”。这三行字出现在了不止一处地方，还有他屋里的废旧杂志和笔记本上——在同一个笔记本上，他记录着与吴晶晶恋爱的喜悦。老孔觉得不对，回去调孙建才的手机电话记录——幸好这么多年他没换过手机号，先调出〇九年所有通话记录，按照号码通话频次降序排序，然后把那些号码逐一放在全国常住人口库和全国失踪人口库中比对，发现其中一个号码正好就在失踪人口库中。再调出当时报案者的信息，发现这号码是一个姓武的失踪女性的，报案者是其家属。老孔核查了一下失踪者的信息，确认该失踪者从那之后就下落不明。这个案子到此才惊动了上级领导，孙建才出狱后极有可能杀了不止一个人。

我能进分局和深度参与此案的破获不无关系。老孔一直不明白我是怎么看出孙建才身上有疑点的，事后他说，在鸭林冲蹲守近两个月期间，他也数次留意过这个老头，但从来就没把他和案子联系到一起。张旭给出的嫌疑人信息误差是一方面，另一方面是孙建才乍看上去和被害人对他的形容挺一致，“孬头吧唧”，看着脑子是有些问题，实在不像一个杀人犯。但看着挺蠢的人往往心狠手辣，因为对后果缺乏想象力，容易激情犯罪。我说，可能就是一种直觉吧。这话当然是放屁。老孔说，你小子照，不搞刑侦可惜了。我说，那要不我进来试试？老孔还以为我是说笑。社招考试的时候，体能测试我故意考差了几分，为的是不干一线，避免和杨局打交道。自他在车上跟我说过那两句话后，我就再也没坐过他的车。但见了面照常递烟，他有收集烟盒的习惯，进了分局之后，我平均每三四个月找机会在他面前掏出一盒罕见的烟种，盒里往往只剩最后四五支，递一支给他，一支给我，然后把剩下的连盒子一起给他：“也不剩几支了。”老孔因为破获这个大案从普通探员晋升成了副大队长，我知道考试时他会罩我。经过又一轮审讯，孙建才承认了〇九年那个姓武的失踪女性也是被他杀害，过程与他现在犯的案子差不多，也是用锤头敲死，然后分尸、埋尸。小骨头被他扔进了距离鸭林冲一公里外的小河里，大骨头被他扔进了鸭林冲附近的化粪池。那个化粪池当时已经被水泥封上了，老孔调了辆挖掘机来把水泥掀开，果然在里面找到了骨头残片。但一〇年的案子，老孔始终没有找到被害人。因为这两起杀人案，孙建才一年后被执行了死刑。

进了分局之后我尽量保持低调，开始尝试改变自己说话的口音，学习熟练地抽烟。抽烟这事是我突然间领悟的，那天在食堂碰到老孔，我俩面对面坐着吃饭，他突然问我："你可记得孙建才案子里的那个小护士？"我说："有印象，就是当时在跟他谈恋爱的那个？"他说："对。"我说："怎么了？"他说："前两天我们接到一起盗窃案，一个男的报案说他车子里的几千块钱被偷了。我们很快把盗窃者抓住了，你猜是谁？就是那个小护士。"我说："是吗？也太巧了。"他说："她一开始还不肯交代，孙建才那个案子，当时我们没告诉她具体的情况，怕她害怕。这次我就跟她说了，说当时要不是我们把孙建才抓了，他下一个下手的对象就是你。你还以为他真的在和你谈恋爱啊？"我说："然后呢？"他说："她一下子就吓傻了，哭得跟什么似的，然后就都交代了，钱也还给人家了。你说巧不巧？"我说："哦，真是什么样的事都有。”吃完饭我和老孔走出食堂，在食堂门口抽烟，老孔递给我一根荷花，我猛地抽了一口，顿时感到一阵眩晕，像要飘起来。那阵眩晕很快过去了，从那之后我开始找到抽烟的乐趣，为的就是这几秒钟的眩晕。

初二升初三的暑假，吴晶晶已经有小半个学期没怎么搭理我了。他爸偶尔来学校接她，看到我的时候，都会找个没人的地方快速塞给我几张钞票。有五块的，也有十块的。说让我拿去买书看。我没有拿去买书，而是都存了起来。我算了算，假设她爸每次见到我平均给我二十五块，每半个月能来学校接一次吴晶晶，一个学期五个月，到初中结束，我就能攒下至少五百块钱。我不确定我和吴晶晶会不会上同一所高中，她虽然考不上什么好学校，但可以通过缴借读费的方式去任何一所学校借读。我们可能还会成为同学，但我不确定。初二最后那个学期结束，去学校领暑期作业的时候，我突然鬼使神差般地问她，还能不能去她家打游戏。我本以为她会拒绝，或者给我一个嘲讽的笑容。没想到她答应了，好像一点儿也不介意我做了她半学期的克格勃。头一次去她家的时候，她爸看到我有些惊讶，她很自然地说打算趁初三前补补课，请我指导她的功课。她爸想也没想就信了。我想不是出于对她的信任，是出于对我的。她家是两室一厅，她自己一个房间，父母一个房间，家里每个房间都有空调，电脑放在客厅，想来是她父母为了看管她不让她偷偷打游戏的缘故。平时她爸出门上班，朝九晚五，她妈是老师，不过在外地学校，很少回来。我每周去她家两次，趁她爸不在的时候打那盘《仙剑奇侠传》。每次在她爸下班回家前一个小时停止游戏，关闭电脑和空调，让电脑散热，屋子里的冷气释放干净。起先她花了一会儿工夫教我操作电脑和游戏的基本程序，之后就不再管我，自己一个人待在房间里，我以为她说补课只是口头说说，没想到她是真的在做功课。她说是为了让我辅导她功课这件事看上去更像真的。“要让这件事看上去像真的只有一个办法，就是它确实是真的。”当时我完全搞不明白她为什么费这么大劲就为了让我打一盘游戏。其实到现在也没明白。在她家客厅打游戏的时候，她偶尔会从房间里出来，看我打一会儿，有时会忍不住出声提醒我哪里玩错了，但不会告诉我正确的选择和接下来的剧情发展。我其实可以在每次打完游戏后就离开，但都会磨蹭一会儿，等到她爸下班。这段时间我就在她的房间里跟她一起写作业。她问过我一次，为什么要做这些。我说，要让这件事看上去像真的只有一个办法，就是它确实是真的。她爸下班回家后，通常也就到了吃晚饭的时间，这时我从吴晶晶房间里走出来，已经收拾好了书包，她爸从没留过我吃饭，但会从门厅鞋柜上面的零钱罐里掏出一把硬币给我，让我打车回家。那是一个巨大的鞋柜，像衣柜一样高大宽敞，他爸打开鞋柜放鞋，里面有整整好几排的女式鞋，只有最下面两排是男鞋。我当然也没有打过车，而是坐公交车回家。不去她家的时候，通常我跟着我妈一起去她医院的药房待着写作业或者看书，因为医院有冷气吹。家里虽然也有一台挂式空调，但我妈为了省电很少会开。那盘《仙剑奇侠传》打了一大半的时候，有一次我在医院见到了吴晶晶她爸。她爸来药房窗口取药，我妈看到他，脸色瞬间变了，说不好意思麻烦你去旁边窗口取药。她爸顿时火了，说凭什么。我妈没说话，只是把窗口用挡板挡住。她爸站在窗口前，开始骂骂咧咧。我妈干脆从窗口前站起来离开去上厕所了。她爸更加火了，叫你给我滚过来。我从没见她爸发过脾气，不知道她爸发脾气原来是这么可怕。后面排队的人开始抱怨，旁边窗口的药剂师喊着请到这边排队。她爸仍然站在这个窗口前不肯离开。于是我从一旁走过去，把挡板从窗口前撤下来，问他，吴叔叔你要什么药？他看到我呆了一呆，一时间不明白我为什么会出现在这里。我再次问道，你要取什么药？她爸终于把处方递进来，我看到处方上写着甲巯咪唑和丙硫氧嘧啶，问了我妈同事药的位置，替他把药取了。我妈回来后我仍然坐在一旁写作业，她问我刚才那人去哪儿了，我说走了。她问药取了吗，我说取了。她问谁给他取的，我说是王阿姨，也就是她同事。我妈没再说话。下班后我跟着她在医院门口等公交，那时候合肥的公交车分两种：一种是有空调的，一种是没有空调的。空调车两块钱，没有空调的一块钱。我妈通常都会等没有空调的那班。我问她下午那个人是谁，她问哪个，我说就是你不帮他取药的那个，她说哦，那是你爸以前的厂长。那天不巧，连续来了两班都是空调车，空荡荡的。我和我妈站在光秃秃的公交站等了半个小时，脑袋已经晒晕了，我看到远远又来了一辆车，从口袋里掏出四块硬币交给我妈，说，这次来的不管是什么都上吧。

那之后我照例每周去两次吴晶晶家，直到把那盘游戏打完。她爸下班回来见到我时，只会讲一声慢走，不再给我钱了。从那之后再也没给过，也没有再打电话到我家盘问吴晶晶的情况。有一天，我正在客厅打游戏，吴晶晶从房间里走出来，神神秘秘地跟我说，她家楼上搬来了一户邻居，男的长得特别吓人，每次见到他都只张着一半眼睛，活像一个坏人。而他老婆居然长得挺清秀。她说她想不通这俩人为什么会是夫妻。我说那可不好说，什么可能都有，也许是因为男方家庭条件不错，或者是男方对女方挺好。她说这怎么可能，我要是女的，才不会因为对方有钱或者对我好就嫁给他，难道你会？我说我不知道。她说你等着吧，他俩一定有问题。最后一次去吴晶晶家里，我终于把那盘《仙剑奇侠传》打完了。快打到结尾的时候，拜月教主跳入水中解除封印与水魔兽合二为一，吴晶晶出来看了一眼，一句话没说，又进去了。我打败了拜月教主与水魔兽的合体，看着赵灵儿和拜月教主同归于尽，最后的画面是大雪纷飞中，林月如抱着李忆如在树下微笑。过了好一会儿，吴晶晶才又出来，见我已经把电脑关了，游戏盘退了出来完好地放在盒子里。她问，你打完了？我说，打完了。她说，你怎么没哭？没等我说话又说，还是你已经偷偷哭过了？我说，没有，我本来就很少哭。她说，我不相信，你上一次哭是什么时候？我想了想，说，是好几年前了。她说，因为什么？我说，因为我爸把我从澡盆里揪出来打了一顿。她咯咯笑了两声，说没想到你也会挨揍。又说，那你觉得这游戏感人吗？我说，挺感人的，不过也就那样吧。她有些失望，说，哦，好吧，原来你真的这么冷血。我看了看时间，她爸快下班了。我说要不我先走了。她说，等一下，我有一道题不会写，你能教我一下吗？我想了想，说，好。解题的时候她问我，如果你是李逍遥，你会选谁？赵灵儿还是林月如？我说，我不知道。

初三的时候，我和吴晶晶被老师调开了座位，我被分到了第一排，吴晶晶被分到了最后两排。整个初三我们都没说几句话。初中毕业的时候，很多同学都买了毕业纪念簿，请其他同学在上面留下自己的姓名、生日、星座、血型，还有对纪念簿主人的留言。我是少数没有买的人之一，也没有给任何同学留言。吴晶晶拿着纪念簿找我写的时候，我也拒绝了。她问为什么，我说因为我不想让别人记得我。她只说了句好吧。后来我去了六中，入学一个月之后都没见到她，我以为她去了一中或者八中。听别的同学说，才知道她去了育英中学，我还挺纳闷。高一下学期，我突然收到一封信，是吴晶晶写来的。她说她妈从外地学校调回了合肥，在育英中学教书，她爸想了想，觉得还是有人看着她比较放心，就让她去了她妈的学校。她抱怨说她每天都被看得死死的，在学校被她妈管，在家被她爸管，不仅打不了游戏，连电话都不能随便打。那时初中升高中之后，同学之间都很流行写信。我知道吴晶晶不仅给我写了，也给其他同学写了。因为传达室的人把信给我的时候，我看到下面一封信署名地址也是她，不过是给也在我们学校的另一个女生。我抽时间给她回了信，长度和她写给我的差不多，一页纸多点，简述了我在高中的情况。过了一个多月又收到她的信，说她之前跟我提过的她家楼上的邻居，原来也在育英中学当老师，教的是语文。说那个老师来给她们班代过一次课，教得特别好。说她终于想通了他老婆为什么会嫁给他，因为他是一个好人。我回信问她，她怎么知道他是一个好人。她回信说，他班上的学生都这么说，说有一回有学生没钱缴电话费，他立刻掏出了一百块借给对方，这还不够好吗？这之后我们学校出了一件事情，某个班的学生得了脑瘤，退学回家了，学校发起了一次捐款，大部分同学捐的是十块二十块，少数捐了五十，也有捐一百块的。我回家数了数储蓄罐里的钱，一共有三百多，我留下了硬币，把纸钞装在一个信封里，悉数放进了传达室的捐款箱内，没有留下姓名。这件事之后，我回信给吴晶晶，说这也不能证明他就是一个好人，也许他只是想让别人认为他是一个好人。过了很久她都没有再回信。直到高二上学期，她又写了一封信来，说的还是邻居的事，说她从她妈那里听说，那个老师出身很可怜，母亲是被抢亲抢过去的，出生之后一直被关在小黑屋里，所以眼睛没有长好，又说他这样的出身居然能从大山里考出来，实在太了不起了，又说她之前想错了，他和他老婆可恩爱了，从来没见两人吵过架。我回信说，你说的这些都不能说明什么，你看到的也许只是表面。自那之后，她再也没有给我写过信。

我考上大学之后，我妈轮上了单位最后一次集资建房，家里便从原来的地方搬了出来。这些信我原本还保留着，放在原先的平房里。你的案子发生之后，我抽空去了一趟老房子，把它们找出来都烧了。

一周之前，杨局秘密召开了一次专案会议，准备再次出动抓捕刘虎。抓捕行动由老孔远程主控，我带着一个内勤的女警去蚌埠抓人。本来应该第二天出发，结果就在出发前的早会上，胡大突然被纪委的人带走了。这件事发生得悄无声息，因为开早会的人除了胡大，就我、老孔和另外两个同事。胡大接到一个电话，正开口嚷着“愣妈我在开会”，接着就不说话了，站起来往外走。外面有人立刻走进来，把他留在桌上的笔记本和笔都拿走了。我和老孔走出去一看，门口站着好几个人，都不是局里的，斯斯文文。很快胡大的办公室就被贴上了封条。这事让我们的抓捕行动推迟了一天，因为紧接着就接到次日上午市政法委书记要来局里召开会议的通知，规定全体参加。虽然没有明说这是什么会，但大家都知道市政法委书记是来稳定军心的。下午我在局里碰到从看守所回来的蔡屹，他找我小声嘀咕，说上午到底发生了什么。我说我也不知道。他说他早就预感到胡大要出事。我问为什么。他说你看胡大那个性格，跟谁都称兄道弟的，外面那么多朋友，他讲话又不注意，不出事才怪。我沉默了一会儿。又问他你今天怎么这么早就审完了。他说沈见云招了。又问我什么时候去抓刘虎。我说我也不知道，还在待命。

写你那篇新闻稿之前，我再次去找老孔，以正式采访的名义。我问他："万老师的作案动机是什么？"老孔字正腔圆地说："那天他下楼的时候，不小心踢到了楼道里的一袋垃圾，随口说了一句谁这么缺德，楼下邻居正好出门上班，听到这句话，两人就争吵起来，紧接着变成厮打，厮打过程中，万鹤的手指不慎戳入被害人的喉咙，导致其窒息死亡。事后他先去医院包扎伤口，又去银行汇款，后回到受害者家中将其肢解，藏尸，然后逃跑。跑到第75天的时候在东莞被警方缉拿归案。"我说："这个过程我知道，但我问的是他的动机是什么？"老孔立刻又变回合肥话，说："我不讲了吗，因为一袋垃圾吵了起来。你跟了这么久，不都知道？"我说："一个人会仅仅因为一袋垃圾就杀害另一个人吗？就没有更深层次的原因了？"老孔笑了，说："你们记者才关心动机，我们警察只关心证据。"

如果按照老孔的回答，这篇新闻稿就只有两千字。他给出的信息，其他媒体也都知道。那将是一篇标准的新闻通稿，第一段叙述的是你的审判结果。而我写的那篇报道，有一万多字，两个整版。第一段写的是你杀人的那天早上发生的事情。

那天早上，你和你妻子发生了一些摩擦，当时你准备去银行给一个长期资助的贫困学生汇款。这个学生是你从四年前开始资助的，通过中国少年儿童基金会发起的春蕾计划。你选择她是因为她来自你出生的那个国家级贫困县，金寨，地处皖西边陲、大别山腹地。你父亲是金寨县的一个普通农民，时年四十八岁才终于花了三千块抢到了你母亲，成婚后你母亲数次想跑都没跑成，你出生后你父亲一家更怕她带着你跑，于是把你母亲和你锁在边屋，等到你满百日时才将娘儿俩放出来。新生儿出生时必须要接受光刺激，眼部肌肉才能得以健全发育，你出生百日后才见到光，导致上眼皮肌肉形成永久性萎缩。但你父亲对你还可以，人也不笨，还通过自学进县城做了水电工，省吃俭用让你念到高中。你小时候因为眼部残疾备受欺凌，因此发愤图强，立誓要考出大别山。你考了三次大学都没考上，后来选择了专升本，去了武汉大学，成了村里第一个大学生。也就是在大学，遇到你后来的妻子。虽然不是来自一个地方，但好歹算是安徽老乡。你苦追了她三年，在她父母的极力反对下，还是娶到了她。原因她说了，不为什么，就是你对她特别好。你们双双来到合肥定居。你妻子进入合肥六中做英语老师，你则进了二十五中做行政工作，因为你的学历做不了老师。婚后你和妻子的矛盾开始日益显现。〇二年的时候你妻子的学校福利分房，分到了教师新村的一栋二居室，七十多平，当时合肥的房价均价是每平米两千出头，虽然有福利政策，仍然要以一半的价格购房，加上装修费，一共需要十万出头。你妻子工资三千多，你工资低一点，两千多。本来你和妻子商量好，拿出两人几年全部的积蓄，再让两家各自出一半剩下的钱，缴纳房款。但你岳父提出异议，要求由你和你家负担全部房款，理由是房子是你妻子分到的，你已经算占了便宜。你妻子原本已同意你的计划，但在父亲提出意见后，左右不定。争论无果后，你答应了岳父的提议，但因一时拿不出这么多钱，便打了欠条，由你妻子和岳父垫付房款。搬入新房后不久，你向学校提出辞呈，南下深圳东莞一带做生意，一年后由于没赚到什么钱再次回到合肥。这时你修改了身份证上的年龄，改小了三岁，又伪造了学历，去掉了专升本的经历，报名参加了普通话训练班矫正口音，买了各类演讲视频光盘调整自己的仪态举止、各种高中教辅材料勤学苦练，顺利通过面试进入了育英中学，做语文老师。育英中学是一所民办高中，因此工资较高，你每月可以拿到四千多块钱，还有奖金。虽然学校本身很一般，但你很受学生的欢迎。每月工资除了你自己的开销外，全部交给你妻子偿还她家垫付的房款。即便如此，你岳父仍嫌你还款的速度太慢，常因此事发生龃龉。为了应付你岳父的苛求，你妻子起先想帮你一起偷偷偿还房款，她开始在家中开设辅导小班，可以趁假期赚点外快。尽管你在学校是个自信、善良、乐于助人、受人尊重的老师，回到家中你依然是那个内向、沉默、习惯独处、永远矮妻子一头的丈夫。〇六年中国少年儿童基金会去你们学校推广春蕾计划，你第一个报名参加，一次就拿出了三千块钱，这可以为一个贫困女童提供高小三年和初中三年的生活费。你妻子发现银行账户上突然少了三千块，便询问你是怎么回事。当你说你用这钱资助了一个贫困女童后，你妻子扬手给了你一个耳光。那天你家空调坏了，屋里热得不行，只能把书房房门开着，空调换热器里的水漏出来，滴得地板湿成一片，在你家书房里上辅导课的学生不知如何是好，既不敢走出去询问，也不敢擅自处理，更不好意思回头去看客厅究竟发生了什么。大家都听到了那一声清脆的耳光。这件事发生当晚，你离家出走，去了东莞。但三天后就回来了，因为你妻子打电话跟你说她怀孕了。这之后，你妻子回老家待孕、生产，有一年没有工作。孩子出生后不到一年，你母亲又罹患癌症。那笔房款因而也就一直没有还上。然后就到了那天早上。

那天早上，你思虑整晚，还是决定给那名资助了四年的女孩寄一笔钱。因为她写信来说她们学校开了音乐班，有长笛、单簧管、电子琴、小提琴、大提琴，都是她没见过的东西，她说她想学一门乐器，犹豫再三，选择了长笛，她需要五十块钱买一个长笛。你知道她是在撒谎，因为五十块钱根本买不了一个长笛，起码也要两百块。你没有戳穿她，而是在回信中写，非常支持她的想法，但建议她学习大提琴。你说你曾经听过低音提琴的声音，一开始还以为那是大提琴，所以想以后能听听大提琴的声音拉起来是什么样的，和低音提琴有什么区别。你没有给那女孩寄五十块，而是从家里拿了三千块现金。这件事你妻子并不知道，你也没打算让她知道。这不是你们争吵的原因。你们争吵的原因是你妻子出门上班前又提了一句你岳父来问钱的事，说他们两个老人家年纪也大了，不方便照顾你的小孩，想请一个保姆一起照顾。你突然火了，说欠你们家的钱我马上就能还清了，还清之后我就永远消失。你妻子觉得你不可理喻，摔上门出去上班。你有一笔私房钱，就藏在你自己那些放在书房书架上的书里。这笔钱是你省吃俭用、积少成多慢慢攒的，本来也没多少，后来你母亲去世后，你爸给了你三万块，说是你母亲留给你的，那是厚厚的一沓钱，都是五块、十块、二十块的碎钱。你把它们和你藏在那些书里的钱一起拿去银行换成了整钞，放在了书房那个积了灰的低音提琴里。

这些事有些是在你杀人之前我就知道的，有些是你杀人后我知道的。你杀人逃亡之后你妻子报了警，警方来你家调查，锁定了你是犯罪嫌疑人之后就封锁了你家。你妻子在刑警大队接受调查时，我跟着警方来到你家，就是在那里第一次见到老孔。老孔当时忙着研判现场，根本没工夫理我，也不准我踏进你家，我只好在门口等着。我看到他们打开你家鞋柜，从里面找出了你杀人时穿着的鞋，上面沾着血迹。鞋柜里只有这一双男式鞋，其余的都是女鞋。你一共只有两双鞋，另一双正好洗了，还没晾干。所以你才穿了被害人的鞋逃跑。过了一会儿，他们又搜出几件衣服，也是你杀人时穿的，还有一沓厚厚的现金，是从低音提琴里搜出来的，他们当时怀疑这是你从被害人家拿走的，后来才从你妻子那里确认了，这是你的私房钱。你妻子其实一直都知道你有私房钱，我想可能是从我还给她的那本《社会工程学》里发现的。但她从没说破过。自从你把钱挪了位置，她也没再碰过那把琴。

第一次去你家的时候，我吃惊极了，没想到世界上会有这么巧的事。等到后来工作，才发现一个城市不过就那么点大。有时去看守所提审，常能遇到以前抓过又进来的犯人，还会跟我们打招呼:“又进来啦？”“对，又进来了。”老熟人似的。吴晶晶停止给我写信之后，我还以为这辈子都不会再遇到她了。路过你家楼下那户熟悉的门口，我差点停下脚步，上前敲敲门，给她一个惊喜。我当然没这么做，而是快速从楼梯走了上去。起先我没打算上你妻子的辅导课，她说了，第一节课只是试听，免费，如果觉得不错再决定要不要上。上完第一节课回家我问我妈，能不能让我上辅导课，她问了课的价格，说要考虑几天。几天后，她和我商量，说能不能就上一半的课，剩下那一半问其他上课的同学借笔记。我同意了。自那之后每次去你家上课，我都有些紧张，不知道路过你家楼下的时候，万一门突然打开了，我该说些什么。幸好那扇门从来没有在我经过的时候打开过。后来我才知道即便门打开了，我见到的人也不会是吴晶晶。高三的时候另一个班的女生突然来找我，说吴晶晶持续不断地给她写骚扰信，问我怎么办。这个女生和我是一个初中的，就是吴晶晶给我写信期间也给她写的那位。我才知道吴晶晶之前给她写了封表白信，她看到后吓坏了，告诉了父母，她父母又去找了吴晶晶的父母。

吴晶晶她爸便决定让她从学校休学，直接送她去外地上了一所护士职业学校，以便赶紧毕业嫁人。估计她爸也知道她考不上什么大学。我在你家上课的那个暑假，她已经不在那栋楼里了。我跟那个女生说不用理就行了，她会慢慢消停的。那个女生后来没再找过我，我也没问过吴晶晶后来有没有再给她写信。

在你家第一次见到你的时候，我跟你打了个招呼，说万老师好。你当时只是点了点头，也没问我是怎么知道你姓万的。可能以为你妻子已经介绍过了。这之后，我就没再跟你说过话。你不知道我其实已经知道了你的一些事，但真正对你产生兴趣，是我读完那本《社会工程学》之后。那本书讲的是从事特殊职业的人如何获取他人的信任从而得到自己想要的信息，譬如间谍、黑客，如何通过社交手段操控他人达到自己的目的。你为什么要读这本书？你从这本书中获得了什么？书上做了密密麻麻的笔记，从这些笔记中我似乎看到了一个人隐藏着的真实人格——他的一切行为都是为了扮演另外一个人，一个受欢迎的、自信的、善良的人，而非一个阴郁的、窝囊的、怀揣恨意的他自己。书里面还夹了一些钱，分散在不同页码。我原封不动地还了回去。正是在还书的那天——也就是我在你家上的最后一课，你妻子扬手给了你一个耳光。也许你妻子觉得是这件事才让我决定后面的课不上了，缴不起费用只是一个借口，因此给我复印了后面课的讲义。她会很快地忘了我，也许也是因为这件事。人总是有抹去糟糕的记忆而留下那些美好记忆的选择性倾向。

在大学我学的是心理学，很快就发现学这个毫无用处。当时的朝阳行业还是媒体，大四的时候，我通读了几本传播学和新闻写作的书籍，给报社投了实习申请。和我一起进入报社的实习生有好几个，当时只能留下一个。其他实习生大多不是中文系就是新闻系的，还有一个本身就是报社领导的小孩。实习期一共五个月，我需要在五个月内证明我才是那个可以被留下的人。简单来讲，我需要一篇大稿。分配给我的编辑是个五十岁出头的人，再有几年就可以退休了。那几个月我每天守在新闻热线接线室，一有线索就出去跑新闻。但大部分都是鸡毛蒜皮的小事。其中有一次，我接到的线索是两户邻居发生了争执，因为一袋放在两户之间楼道上的垃圾。两户主人吵了起来，还动了手，最后到派出所调解了一天才算完。其中一户主人患有甲亢，容易情绪激动。正是这个细节让我想起了一个人。

这个人就住在你家楼下。曾经是合钢厂的厂长，后来工厂经历国营改私企，他把工厂转手倒卖给了别人，通过压低工人的赔偿金，收了一大笔回扣，然后用这笔钱进入了房地产，几经波折，没赚到多少钱，但也没亏，最后干脆老老实实跟着一个房地产老板做事，成了那个地产公司的财务主管。因为早些年也是从工厂摸爬滚打上去的，他也得了一身病，甲亢是常年就有，后来还患上了呼吸道障碍，每晚睡觉都得戴呼吸机。他有一个女儿在外地，虽然已经毕业，但不愿回到老家。他妻子是一所中学的老师，因不堪忍受他的脾气和每夜的呼噜声，经常申请出差工作。他们家有两辆车，一辆奔驰，一辆宝马。他妻子有时开车出门时遇到你妻子推着自行车去菜场买菜，总会问你妻子要不要顺路捎她一截，你妻子总是礼貌拒绝。这些事有些我原本就知道，有些是我想起这个人之后，去你家小区转悠打听来的。打听是一方面，另一方面是做另外一些工作。你家小区的门卫一直就没换过，记性不太好，当我说我曾经总来这个小区，找住在某栋某单元的吴晶晶玩，他其实压根就没想起来我是谁。想不起来也对，毕竟那么多年了。我问他，我听吴晶晶说她爸跟她邻居有外遇，这事是不是真的？他说这我哪儿知道啊，我就认个脸熟，你说的人是谁我都不知道。我说就是那家有两辆高级汽车的，一辆宝马一辆奔驰。他说哦，那我知道了，那人脾气一不晓得多差。我说你没见他开车带过别的女的？他说不知道，我又看不到车里。你能相信吗？隔了也就是几个月，他对警察的说辞完全不同了，说他亲眼看到好几次，那个受害人开车带着凶手的妻子出入小区，这就是为什么那人要杀他。

我需要一件大案，最好犯人有能力逃跑，无法立即侦破。他的身世奇异，令人同情。他作案的动机叵测，谣言四起。他具有足够的人性深度，值得挖掘。而我是一个记者，我只能陈述事实。所以，要让我陈述的一切是真的，它就必须是真的。

我已经了解了被害人的情况，接下来，就得看你是不是一个合适的凶手了。我花了两个月的时间走访了你的老家、你妻子的老家、你的学校、工作过的学校、打过工的地方，以及一些你的学生、你妻子的学生，我小心翼翼地避开了那些会记住我的人，用明察暗访的方式搜集我需要的信息——我从那本《社会工程学》里也学到了很多。很快，我大致拼凑出了你到作案之前为止的生平。很抱歉，你非常合格地符合我需要的那块拼图的形状，甚至超出我的想象。一开始我只是突发奇想，但随着对你的研究逐渐深入，我对你的兴趣超出了我需要的案件本身，我想验证我对你的推测是否是对的。对我来说，这逐渐变成了一场实验。从动机的角度来看，我才是那个凶手；但从凶手的角度来看，你比我更合适填充这个位置。

这件大案的最后一块拼图是我。准确地说，是一袋垃圾。一袋会引发你和那位患有甲亢的被害人激烈争吵的垃圾。一袋会激发潜藏在你内心压抑已久的怒火的垃圾。一袋名之为恶的垃圾。我不确定一袋垃圾是否会激发你心中的恶意和紧张，也不确定哪天会引爆这颗炸弹。于是，我提高了它会发生的概率。我知道你和你妻子每天上下班的时间，也知道你邻居每天上下班的时间。每天早晚，在我去报社上班前和下班后，我都会把一袋垃圾放在你和你邻居之间的楼层过道上。这个小区太老，只有门口的大路上装有摄像头。我会从小路绕进你家小区。每天都换不同的衣服。有时戴一副平光镜，有时不戴。有时戴口罩，有时不戴。有时背书包，有时不背。有时打车直接进小区，打车地点均不相同。没有人会记得我。

但是，直到这件事真正成为事实之前，我都不确定它会不会发生。我已经大致拼凑出了你的生平，但仍然无法确定你是一个什么样的人。你究竟是一个坏人还是一个好人。是一个受压迫的好人还是一个伪善的坏人。我只能确定，大部分人并不具备判断善恶的能力，他们对一个人的评价往往会因为一件小事发生极大的扭转，比如，这件事同他们的利害关系如何。而你的复杂性超过我的预期。这件事直到你作案后，都还在不断地发生。当你在法庭被宣判死刑时，你资助的那个女孩也在现场。她恳求她的父亲千里迢迢地带着她从你出生的地方汽车换火车，火车换公交，赶到这里，就是为了告诉法官，你是一个好人，可不可以对你从轻宣判。当我以记者的身份询问她，她泪水涟涟地交出了你写给她的回信，以及作案后给她汇款的银行证明，我才开始怀疑你在那本《社会工程学》里面画下两条波浪线的句子——“要想完美地演绎一个角色，只有一个办法，就是真正成为那个角色。”后面是否还有一句，当你真正成为那个角色之后，你就真的成了那个人。你的两个学生也来到了法庭现场，请求对你从轻发落。你的妻子两次提出上诉，请求修改一审判决，最终被最高人民法院宣判维持死刑立即执行原判。你和你妻子同意将你二人名下房产过户给被害人，以求原谅。你签署了死后器官无偿捐献的同意书。

但这一切都与我无关了。

没有人会把我同这件案子联系在一起，垃圾袋上没有我的指纹，摄像头没有捕捉到我的身影，即便有人能从残存的记忆里提取出我这张脸的印记，或是从我写的那篇新闻稿里意识到有些信息是我在你作案前就知道的，或是发觉了我和这个案子中的所有人千丝万缕的联系，也没有任何证据证明我在这个案子中扮演了什么角色。我只是提供了一袋垃圾而已，即便这件事被发现了，也不能证明我触犯了任何法律。即便这整个案件超乎想象的完美符合了我的计算，在我设想的轨道上顺利运行，也不能说明我犯下了任何罪行。甚至，它的发生是一种必然的结果，只是或早或晚而已。就算没有这袋垃圾，也会有别的可能性存在。每天世界上都在发生无数的罪行，大部分看似偶然的罪行，实则都有必然的起因。而你，只是那条恰好落入我视线内的白鲸。

当你被最终宣判死刑后，我以为这件事就此落幕，我不会再和任何与此案有关的人发生什么关系了。我最后一次去了你家，安慰了你的妻子，并提出是否能够要一样你的东西留作纪念。也许是我在此案发生后不遗余力地跟踪调查，也许是我在新闻稿中力挽狂澜地将你塑造成一个值得同情的对象，也许是我过低地预计了你妻子对你的情感——她像是没了魂儿，空洞地点了点头，于是我第二次从你家书房的书架上抽出了那本《社会工程学》，带回了家。

但是。

这件事没有结束。有两件事超出了我的预期：第一是吴晶晶，第二是我自己。

四年后，再次遇到吴晶晶，我以为这只是巧合。她父亲遇害后，她连夜回到了合肥。这之后就再没离开过。她去医院做了护士，遇到了孙建才，然后又在鸭林冲遇到了我——当然，她没看到我。然后我进分局做了警察，一年后再次从老孔那里听到她的消息——因为那件盗窃案，她坐了三个月的牢。又过了四年，我在沈见云的案子里看到了她的嫌犯资料。我不知道她在沈见云的案子里充当了什么角色，但我知道沈见云不肯招供必然跟她有关。我们从来没有正面接触过，但她一次又一次地出现在我的生活里。我开始怀疑这一切真的只是巧合吗。

五天前，参加完政法委书记召开的会议后，杨局让我带着内勤的女警立刻出发，前往蚌埠抓刘虎。中午前我们到达了蚌埠市区，在市内简单地吃了一个午饭，便继续开车到刘虎藏匿的村镇附近，我们把车停在了县城，然后换了辆当地牌照的车下到刘虎所在的村镇。这个村子就是刘杰刘虎兄弟二人出生的地方，宗族势力极强，村长是刘氏兄弟的堂叔，不出意外的话，刘虎就躲在他的家里。我和同事换了身打扮，扮作一对农村夫妻，趁天黑时进了村子。我知道杨局安排了后备支援，等我们抓到刘虎时，他们会在半小时内赶到。

我们顺利地进了村，那女警之前来这里踩过点，对地形熟悉，我跟着她绕过了一排独栋楼院，走到一户亮着灯敞着院门的二层小楼前，铝合金的大门半开着一条缝，里面隐约有碗筷的声音。

我和女警毫不迟疑地走进去，打开大门，客厅中央摆着一张木制的圆桌，桌上有几个菜，一个女的正坐在桌前吃饭。

我看到她，惊讶得眼珠子都快掉出来了，但还是从衣服内侧口袋里掏出警官证，说："警察。"

我没说"不许动"，她也一动不动，只是放下了手里的碗筷。我朝同事使了个眼色，让她去屋内各处搜查，这本来应该是我去做的，但同事仍然顺从了我的指示，先在一楼各处转了一圈，没看到人，又上了二楼。

等她上了二楼之后，我才低声问道："你怎么在这里？"

吴晶晶没说话。

我又说："我不是告诉你不要回安徽吗？"

她还是没说话，也没看我。

我正准备说第三句，这时同事搜完了二楼，在楼上喊："没人。"

我听到她下楼的脚步声，于是闭上了嘴。

同事回到一楼，说："刘虎不在。"我说："嗯。"

她问："现在怎么办？"我说："你给老孔打个电话讲一下情况。"

她拨通了老孔的电话，跟老孔汇报："刘虎不在，但是我们抓到了刘杰的情妇，小如。”很快挂了电话。

我问：“怎么说？”她说：“让我们把人先带回去。”

于是我从衣服内侧另一边的口袋里掏出手铐，把吴晶晶铐上，跟同事一起，沿着来时的路走出村子，把她押送进了车内，把车开到县城，换上了开来的车，继续往合肥方向开去。

从蚌埠开回合肥一共要一个半小时，这一个半小时内有好几次，我都在盘算一件事。我的同事是从内勤临时借调过来的，她应该没有申领枪支，只是在裤腿里绑了一根警棍。我没有警棍，但我的腰间别了一支枪。92式半自动手枪。每年局里组织射击比赛，我都是第四名。其实我也可以是第一名，也可以是第二名，也可以是最后一名。如果计算准确的话，我可以做到“不往致命部位打”。我甚至可以做到让这一切看起来是一场意外，比如，前方突然来了一辆车，开远光灯，我被刺得猛踩了一脚刹车，我对这辆车不熟因而忘了锁上后车门，同事坐在后排，没有系安全带，头撞上了前座，我回头问她怎么样的时候，嫌疑犯打开车门逃跑，我的同事清醒过来，冲下车去追她，我也下车，站在后面，拔出手枪，喊“不许跑”，嫌犯和同事都越跑越远，我犹豫要不要开枪，眼看着她们就要跑出了我的射程，我会在事后说，我当时只想吓吓她，没想到子弹射进了同事的腿部，在同事和嫌犯之间，我只能选择先救治同事。

我没有这么做的原因有两个：一是回去的路上，我注意到一直有一辆皖C牌照的车子跟在我们后面。二是我怀疑当我踩了那脚刹车之后，吴晶晶会不会领悟我的意思下车逃跑。当把这两个原因结合到一块去想的时候，我产生了第三种想法。于是我没有这么做。

回到合肥已经是夜里十点了，我把车开到执法办案中心，和同事下车把吴晶晶带到楼里，老孔正在那里等着我们。他看到我们，说："辛苦了。"我说："没有。"

我们把吴晶晶带到了一间审讯室，拷在了审讯椅上。老孔拍了拍我肩膀，说："你跟我来一下，我有些话想跟你讲。"我说："好。"

我跟着老孔走到了距离吴晶晶待着的审讯室两个房间之外的一间审讯室内，老孔坐在了审讯隔间外的椅子上，说："坐。"我看了看，房间里只有一把椅子，问他："坐哪儿？"

他看了我一眼，又看了一眼审讯隔间里的椅子，说："你看这里还有哪儿能坐？"我知道我的第三种想法已经快被证实了，但还想再挣扎一下，我说："我就不能站着？"

他说："你还是坐着吧。"

于是我走了进去，坐在了那张审讯椅上。

我说:“需要把我铐起来吗？”他说:“不用了。”

他掏出手机，横着架在了我面前的玻璃格挡前，打开了录像功能，然后说:“说吧。”

我说:“说什么？不是你有话要跟我讲吗？”

他拿出另一个手机，点开了一段录音，里面是我说的两句话，第一句是“你怎么在这里”，第二句是“我不是告诉你不要回安徽吗”。

我看着他，他也看着我。

我笑了，说:“这不能说明什么。”

他说:“刘虎昨天就被我们抓了。”我没说话。他又说:“吴晶晶早就已经都交代了。”

我说:“老孔，你怎么尽说蔡屹的台词呢。”

他说:“你和吴晶晶是在两年前的定期摸排时接触上的，当时人手不够，就把你抽调了过去，排查几个娱乐会所，其中一间正是刘杰的场子，尊皇娱乐，吴晶晶在那里做服务员，化名小如。那时她已经做了刘杰的情妇，刘杰先是让她跟着去几个流动赌场吃喜面，也就是收小费，后来看她机灵，就让她自己做股东，开了一个赌场。自从你跟她接触上之后，每次我们去扫查赌场之前，你都会暗中通知她，让她收场跑路。可是这样？”

老孔说得大致准确。不过当时我没有看到她，是她看到了我。我差点没认出她，她与我在鸭林冲见到时比又有了很大的变化。人变胖了许多，贴着浓密的假睫毛，踩着一双高跟鞋，穿着闪着亮片的紧身短礼服。我说：“吴晶晶？”她说：“你怎么在这里？”我看了一眼同事，说：“我来工作。”她立刻明白了，说：“你怎么做了警察？”我没回答，说：“你没事吧？”她先是一愣，随即听懂了我的意思，说：“没事。”但我已经从她的神色间看出她其实有事。我说：“你电话多少？我回头找你。”她飞快地从口袋里掏出一张纸条塞给我，看来她不是第一次被问电话，问她电话的人都是什么样的人，我不用想都知道。三天之后，我买了一个新手机和一张匿名电话卡，拨通了那个电话，我们约在长江中路那家人最多的麦当劳里。就算被发现我们共同出现在那里，这也是一个概率极高的巧合。我们并排坐在靠窗的边桌上，我点了一个麦辣鸡腿堡套餐，她点了一杯可乐。

我拿起汉堡，一边吃一边问她：“你现在在做什么？”她说：“服务员，你不是看到了。”我说：“那个地方是刘杰的场子，你跟他什么关系？”她说：“没关系。”我说：“你知道刘杰有不止一个女人吧？”她说：“我知道。”她吸了一口可乐，又说：“我已经结婚了。”我说：“跟谁？”她说：“就一个男的。”我说：“做什么的？”她说：“你管这么多干吗？查户口啊？”我没说话，闷着头吃那个汉堡。吃完了之后，开始一根一根地吃薯条。我说:“你不是喜欢女的吗?怎么嫁了一个男的?”她说:“难道我还能嫁给一个女的?”我说:“我回去查了一下,一年多前你在监狱待了三个月。”她没说话,咬着吸管,咬了半天,可乐也没下去多少。她说:“你怎么样?”我说:“挺好。”她说:“结婚了?”我说:“没。”她说:“有女朋友?”我说:“谈过几个,都分了。”她说:“为什么分?”我扑哧笑了,说:“谁会愿意跟警察处对象啊?”她又不说话了。我说:“你妈呢?”她说:“退休了,在家待着。”我没提她爸,她也没提。我说:“你妈知道你在外面干吗么?”她说:“知道一点。”我说:“她是不是就知道你坐牢的事?”她没说话。我说:“你跟刘杰怎么认识的?”她说:“做服务员的时候。”我说:“不对吧。你应该是认识他之后才进了尊皇娱乐做服务员。”她说:“你怎么知道?”我说:“我回去还查了他一个情妇的资料,那个女的也做过一段时间牢,坐牢的时间正好跟你有交叉。刘杰来探过几次监,就是在那时看到了你。不,应该是你盯上了他。他出手很阔绰,背景也硬,他的情妇在牢里应该受到了不少关照。”她没说话。我说:“你找到机会跟他说上了话,出狱后就投奔了他。”她没说话。我说:“你就这么需要钱吗?你家不是有钱吗?”她终于开口了,说:“你知道我当时跟他说了什么吗?”我说:“什么?”她说:“我就说了两个字，救我。”我吃完了整个套餐，她的可乐还没喝完。我说:“我还有点饿，你等一下，我再去买一份。”我又买了一份麦辣鸡腿堡套餐，这次薯条要了大份的。我说:“你以为刘杰能保护你?不要天真了。”她笑了，说:“那谁能保护我?警察吗?”我没回答，继续吃第二个汉堡，我说:“你为什么需要人保护?你看这大街上的这么多人，他们需要人保护?为什么就你需要人保护?你为什么要跟这些烂人混在一起?”她没声儿了，我吃完那个汉堡，扭头看她，才发现她哭得稀里哗啦。我把盘子里的纸巾递过去，说:“把脸擦干净，不要引起别人的怀疑。”她没接，说:“什么叫引起别人的怀疑?我跟你坐在这里有什么好被怀疑的?就因为我坐过牢，你是警察?”我没说话，也没再动盘子里那盒薯条。我说:“今天就先这样吧，我的电话你别存在手机里，也别主动给我打。”走之前我又问，“我那天听他们在尊皇喊你小如，哪个如?”她说:“李忆如的如。”

这之后我很快搞清了吴晶晶跟着刘杰在做什么。每次定期排查和突击行动前，我都会用那个手机给她打电话。我知道自己这么做是多此一举。刘杰赌场开了这么多年，上面一定有更大的人在罩他。我不是不放心刘杰，是不放心刘杰会不会保吴晶晶，会不会每次都保。

吴晶晶的赌场肯定只是个小场子，刘杰是给她一个玩玩，要拿她做垫背的充一下警方的业绩随时都有可能。他之前那个情妇就是这么进去的。那个手机我锁在合钢厂某座废弃厂房的废弃信箱里，从没有带到和我有关的任何固定地点。那片废弃厂房没几个摄像头，每次去我都避开了监控范围。每隔三个月我都会换一张电话卡。我从没用它发过短信，都是打电话。

但我疏忽了一点，吴晶晶一次都没有被抓过，这反而让刘杰觉得她很有能耐，吴晶晶应该没有提过我的存在，但以刘杰的精明，一定意识到了她也有人在里面。所以，小如才会越来越受他的器重，成了两年后我们这次行动重点名单上的一员。这次行动前，我已经提前打电话告诉她她家、她母亲家、她丈夫家、随便哪个跟她有关的地方都有人蹲守，就是等她出现，我说我保不了你，你只能靠你自己，立刻离开省内，去越偏远的地方越好，不要坐火车飞机，坐不需要身份证的交通工具，换一部手机和匿名电话卡，这个号码只有我知道，不要告诉任何人，不要和任何人联系，带上足够的现金，不要用银行卡。她说然后呢？我说等，等我联系你。她说要等多久？我说不知道，多久都有可能。打完这个电话我就扔掉了那个手机，也没有再买新的。我让吴晶晶换了新手机和新号码，找到一个安全的地方待着之后，用她原来的手机号加上我原来的手机号交错排开为用户名注册一个微博账号，在那个账号上发布她的新号码。等到那时我会再买一个新手机。

我确定我做的一切都没有留下证据。

于是我说："老孔，你想多了。我是认识吴晶晶没错，但那已经是很多年前的事了，我们坐过两年初中同桌，就是这样。"

他说："那你见到她为什么要说这两句话？"

我说："我在这样一个地方见到以前的老同学，说你怎么在这儿不是很正常吗？"

他说："那第二句话呢？"

我说："初中的时候我们因为吵架绝交了，我当时说，你怎么不滚出安徽，滚得越远越好？所以我就说我不是让你离开安徽吗。"

他说："哦，你们初中吵的架，你到现在还火大啊？"

我说："是挺火大的。"

他说："因为什么吵的？"

我说："不记得了。"

他说："就记得挺火大。"

我说："对，就记得挺火大。"

他说："你知道小如就是吴晶晶，为什么从来没说过？"

我说："我跟她都那么多年没联系了，我说这事有用吗？你去查查局里别的人，说不定还有她的小学同学、高中同学、大学同学呢。"

他说："这之前你们没见过？"

我说："没。"

他说："愣妈，你瞎讲横个？鸭林冲那案子时你没见到她？你见到她的时候还流鼻血了呢！"

我说："我流鼻血是因为天热，我当时也没注意到有她。"

他说："你就跟我扯吧。后来盗窃案的时候我当着你的面提到她，你为什么也没有说你认识她？"

我说："世界上叫吴晶晶的人多了去了，我怎么知道你说的人是我初中同学？"

他说："好，你嘴硬，你再听听这个。"

他又用手机放了一段录音，那是我在看守所审沈见云时说的三句话，第一句是"你跟吴晶晶是什么关系"，第二句是"你知道吴晶晶是同性恋吗"，第三句是"你这名字怪好听的，是谁给你取的"。

我没想到老孔连这段都找出来了，但这也不能说明什么。

于是我说："这能说明什么？"

老孔说："沈见云都交代了，吴晶晶是他的上家，跟他也有点情感关系，吴晶晶赌场的赌客赌光了钱，她就把人介绍到沈见云那里过桥，沈见云再把人家套住。整个一套流水线操作。吴晶晶真厉害，刘杰都没她这么会搞钱。几年没见，她从一个差点被杀的受害人，变成了盗窃犯，又变成了现在这样，真烈，进步怪快的。”

我说：“哦，原来是这样。你说了我才知道。”

他说：“你才知道个屁。你当时就看到吴晶晶的档案在他案子里的卷宗里。”

我说：“对，所以我就好奇问了他一下。不行吗？我还好奇问了一下他名字谁给取的呢。”

他说：“你怎么知道她是同性恋？”

我说：“这又不是秘密，初中我就知道了，她自己说的。”

他说：“这十几年来你从来没见过她？没联系过她？”

我说：“没。”我说，“就算见到过联系过又怎么样呢？就算我早就认出她是我同学又怎么样呢？就算我从来没提过我认识她又怎么样呢？这能说明什么？你说的一切都只是你的猜测，你没有任何证据。”

他说：“你在报社实习的时候，写她父亲遇害那件案子时，也没见过她？”

我心里跳了一下，说：“没。我知道遇害的是她父亲，当然要避开她了。”

老孔站了起来，叹了口气，说：“你心里就一点都不感到愧疚吗？”

我说：“我不懂你什么意思。”

老孔拿起那部放在我面前录像的手机，把手机关了，按在桌上，说：“我把录音录像都关了，现在这里就你我两个人，我再问你一些事，你能跟我说实话吗？”

我说：“我说的一直都是实话。”

他说：“我们认识也快十年了吧，你相信我一次行吗？”

我说：“好，我相信你。”

他走进来，从口袋里掏出一盒烟，给我递了一根，点上火，然后自己也点了一根，又走出去，重新坐下来，抽了几口烟，说：“这样吧，你有什么想问我的吗？”

我仔细思考了一下这个问题。我必须确保我说的话在即便被录音的情况下也不能说明任何问题。

我说：“你们是什么时候抓住的吴晶晶？”

他说：“一周之前。”

我说：“怎么抓住的？”

他说：“在她丈夫家。”

我说：“她为什么会去她丈夫家？”

他笑了，说：“你算错了一条，没有哪个女人不会去看自己的孩子，尤其是刚出生的。”

我没接他的话，说：“她被你们抓住后说了什么吗？”

他说：“一开始没有。后来就全说了，而且还同意配合我们的行动。”

我说：“她说了什么？”

他说：“她说了什么你心里清楚。”

我说：“我不清楚。”

我的确不清楚，也不明白她为什么会说，还会同意一起给我设这个局。

于是我说：“你们是什么时候开始怀疑我的？”

他说：“没有我们，只有我。”

我说：“哦。那你是什么时候开始怀疑我的？”

他盯着我看了一会儿，说：“其实直到现在我都不想怀疑你。”

我说：“那就别怀疑我。”

他说，“因为我怀疑的一切如果都是真的，我心里会膈得慌。”

我说：“那就别怀疑我。”

他说：“我做了二十五年警察了，什么样的人都见过，什么样的人都抓过，你这样的我还是第一次见。”

我说："老孔，有话你就直说吧。"

他说："好，那我就直说了。"他顿了顿，说，"我第一次觉得你不太对是五年前鸭林冲那案子的时候，你花了很长时间跟这个案子，最后却一个字没有写。"

我说："那是省厅新闻中心下了命令，不让报道。说案件性质太恶劣，怕对社会产生负面影响。"

他说："对。那时你已经做了四年社会新闻记者，跟公安已经打过很多次交道了，你心里应该很清楚什么样的案件可以写，什么不能写。这个案子你早就知道不能写，为什么还要跟？"

我说："在没抓到孙建才之前，我哪儿知道这案子会这么大？"

他说："所以我就更奇怪了，这案子一开始只是个失踪案而已，有价值的可能性不大，你却一直跟我们在鸭林冲蹲守了两个月，为什么？"

我没说话。

他说："那时我只是隐约觉得有点奇怪，还没怀疑什么。直到我们抓了孙建才，吴晶晶这个人落入我的视野，我才明白为什么。你会跟这个案子，因为你来鸭林冲蹲守的第一天，就看到了吴晶晶。"

我说："继续。"

他说："当时我也没想到去查你和吴晶晶的关系，

后来我们去吴晶晶住的地方搜查证物，你只知道我们查到了失踪者的手机，不知道我还搜出了一些东西。”

我说：“什么东西？”

他说：“你写给吴晶晶的信。”

我心里咯噔了一下，说：“哦，我高中时是跟她通过几封信，没想到她还留着。”

他说：“我去比对了你们的学籍信息，和你的字迹，确定你和她是初中同学，信是你写的。”

我说：“然后呢？”

他说：“我看了信的内容。”

我说：“然后呢？”

他说：“你在信中提到了万老师。”

我说：“然后呢？”

他说：“没有然后。我只是有了一些不好的预感。但不知道为什么。你还记得我当时说想不通你是怎搞看出孙建才有问题的对吧？”

我说：“我记得。”

他说：“我后来明白了，你是因为看到了吴晶晶和孙建才在一起。”

我说：“这只是你的推测。”

他说：“嗯。这只是我的推测。光凭这些，本来我也不会继续往深了想。但是，这案子之后，你提出要考警察，还真的这么做了。我开始觉得你肯定有问题了。”

我说：“哦，这年头不光做犯人不行，做警察也要被怀疑有问题了。”

他说：“我去查了你初中高中大学的体育成绩，一直都是前几名。大学时你还是校田径队的，代表学校参加过马拉松比赛，全马，成绩是三小时四十五分，在业余选手中算很不错了。短跑长跑你都没问题，耐力爆发力都可以。这说明你体能很好。公安社招的体能测试对你来说不过是小儿科，你不可能比录取线分数还低。”

我说：“你说的都是我上学时候的事了，做记者后很辛苦，也没时间锻炼，身体变差了不行吗。”

他说：“我起先不明白你为什么要故意差那么几分，后来想通了，你是为了避免和杨局接触。有次我去他家，他给我展示他的收藏，有两排烟盒都是你给的。”

我说：“杨局是领导，我想跟领导搞好关系不行吗。”

他说：“杨局这个人性格大家都知道，敏感多疑，很不好相处。胡大做事虽然不照，但很够处。你想要人照顾你，不应该巴结杨局。实际上当时我从侧面了解到，是你主动提出想进技侦，杨局本来没同意，想让你去干一线，是我说服了他。”

我说：“你都已经怀疑我了，还让我进分局？还满足我的愿望进技侦？”

他说：“对。我当时已经怀疑你了，但还没有形成任何因果链条，我只是觉察到，你做任何一件事都有目的，哪怕是看起来没有目的的事。我让你进来，就是想看看你到底有什么目的。”

我说：“你觉得我有什么目的？”

他说：“你的目的是为了保护一个人。这个人就是吴晶晶。”

我说：“谢谢你啊老孔，我自己都不知道我为什么要做警察，谢谢你告诉我。”

他说：“你说这话我信。当时吴晶晶还没出事，只是险些出事。你应该不确定她以后还会不会出事，你也只是有一种预感，这是我一开始的猜想。所以一年后吴晶晶犯了盗窃案，我主动跟你提到这件事，想看看你是什么反应。”

我说：“我是什么反应？”

他说：“你没什么反应。那时你就走错了棋。你以为没什么反应才是正常的反应。你算错了，这是建立在没人知道你和吴晶晶的关系基础上。”

我说：“我不知道你早就盯上了我。”

他说：“对，你不知道。你自己做了几年警察应该知道，以有罪推定和无罪推定来看一个人的行动轨迹，会得到完全不一样的结论。你只对杨局抱有防备心，完全没想到我会怀疑你。”

我说：“就算你说的是真的，又能说明什么呢？”

他说：“假如我说的是真的，这里面问题就多了。最大的问题是，你为什么要处心积虑浪费自己的时间精力去保护一个跟你生活完全不在一个轨道的初中同学？而且是以这样一种方式？我不知道你和吴晶晶有什么情感，就算有，也不至于。所以我去重新梳理了一遍你和吴晶晶的生活轨迹，你们真的不在一个轨道上吗？沿着这个思路推敲下去，一个想法在我脑子里产生了。”

我说：“什么想法？”

他说：“这一切都得回到万老师这个案子身上。”

我说：“你说说看。”

他说：“我不详细讲我是怎么复盘这个案子的了。总之，我最后得出一个猜想，这个案子会发生不是偶然，而是人为推动。这个人就是你。”

我说：“我还能教唆一个人去杀另一个人？”

他说：“我相信你可以做到。”

我说：“谢谢你的信任。你说到现在，这些猜想你都有证据吗？”

他说：“老实说，没有。这就是为什么我一直没有任何行动。我没行动的原因是我在等，我相信你一定会有所行动。就像你相信万老师会有所行动一样。”

我说：“两年前去尊皇娱乐定期排查，是你安排我去的？”

他说：“对。”

我说：“把我抽调过来跟沈见云的案子，也是你安排的？”

他说：“是。”

我说：“让我去抓刘虎就不用说了。”我又问，“其他人知道吗？”

他说：“不知道。直到安排你去抓刘虎之前，我跟杨局讲了我的所有猜想，他同意了我的安排。其他人都不知道。直到现在，你隔壁审讯室的女同事，都不知道这次行动的真正目标是你。”

我说：“那么，你拿到你想要的证据了吗？”

他笑了，说：“再老实跟你讲，没有。”

我说：“那你跟我坐在这里讲什么？”

他说：“我跟你说这些，只想确认一件事，你的动机到底是什么？”

我说：“记者才关心动机，警察只关心证据。这是你说的。”

他说：“是我说的。我还说过一句话，要想完美地演绎一个角色，只有一个办法，就是真正成为那个角色。即便发现你和所有这些事的关联，我还是不清楚你的动机到底是什么。所以我就把自己代入到你的角色里，去思考我是你的话，我为什么要做这些。”

我说：“你的结论是？”

他说：“结论是我不明白。你的复杂程度超出我的想象。假设说你的动机是为了杀吴晶晶的父亲替你父亲报仇，为什么你后面又要帮吴晶晶？假设你帮她是因为你心里多少还有些愧疚，那又为什么要以这样一种方式？除了吴晶晶这一件事，在你做警察的这五年里，你没有犯过任何错，破获过好几起大案要案，工作上尽心尽力。你的确是做刑侦的好料子，所以我不明白，假设只是因为吴晶晶和她的父亲，你又何必做到这样？”

我笑了，说：“我也不明白。”

他说：“我把实话都跟你说了。到现在为止，我没有找到任何你犯罪的证据，我甚至没有资格要求你坐在我对面，我只能以我的怀疑对你进行四十八小时的关押，现在还剩四十四小时。四十四小时之后你就可以走了，想去哪儿去哪儿，想做什么做什么，你甚至可以继续做警察。我的话已经全部说完了，你还有什么想对我说的吗？”

我想了想，说：“你是怎么说服吴晶晶配合你们的？”

他说：“我知道你想问什么。你想问我是不是把我的猜想告诉了她。没有。我只是问她，愿不愿意给你一个机会。”

我说：“什么机会？”

他说：“说明你自己到底是谁的机会。你究竟是一个坏人还是一个好人，或者说，你究竟想做一个坏人还是一个好人？”

我说：“老实讲，我也不知道。”

我们沉默了一会儿。

老孔又掏出烟盒，问：“来一根？”

我说：“好。”

他站起来，又进来给了我一根烟，点上，然后回去坐下。

我眯着眼抽了一口，一股熟悉的眩晕再次降临在我身上。

我说：“老孔，你抓过这么多人，审过这么多人。你觉得存不存在一种可能性，当一个人真正进入了那个角色中，当他开始做一些本来他不会去做的事，慢慢地，他就真的变成了那个人？比方说，我只是打个比方，一个警察。一个毫无特殊之处的警察。一个不仅仅是想保护一个人，而是想。”说到这儿我自己先笑了，然后说，“行使正义的权利和义务的警察？”

他想了想，说:“我相信有这种可能性。虽然我没有任何证据。”

我们又沉默了一会儿。

我说:“我还有一个问题。”

他说:“你讲。”

我说:“你玩过一个叫作《仙剑奇侠传》的游戏吗？”

他说:“没有。我到了警校之后才接触到电脑，当时电脑上只有扫雷和蜘蛛纸牌。”

我说:“那你回头玩一下吧。95版的。可能不太好找。”

他说:“我这智商玩不了什么游戏。不过我会去找一下。”

我说:“你玩完之后告诉我，你有没有哭。讲实话。”

他说:“好。”

我说:“我对吴晶晶撒过一个谎。她问我玩完《仙剑奇侠传》有没有哭，我说我没哭。其实我撒谎了。”

他说:“你需要我告诉她这件事吗？”

我说:“不用了。”

我把那根烟抽完，然后说:“你能给我一支笔几张纸吗？”

他说:“可以。”

我说:“我想写一封信给万老师。你帮我带去他坟上烧了。这封信看不看决定在你。写完这封信，我会给出你要的结果。”我又说，“即便你没有任何证据。”

他看了眼手机，说：“好。你还有四十三小时。你能写得完吗？”

我说：“不知道，我试试。”

他说：“这封信你想署什么名字？”

我想了想，说：“就叫我以实玛利吧。”

2019 年 5 月 24 日 初稿

2019 年 6 月 18 日 二稿

麦田里的守望者

“一个真正顶尖的拳手，出拳时会让他的拳头像外科医生做手术般精准。”

教练从我面前走过去，然后又走回来。“你接靶接得很好。”他对我说。我一言不发，动动嘴角。我知道自己不是真的接靶接得很好，只是没有其他可以表扬的地方。我还知道我不是在练拳，只是和这群朝九晚五每天下班后换上紧身衣的城里人一起，在这个商业楼盘地下最幽深最便宜的租赁场地里假装像个拳手。假装像个有闲暇时间和多余体力的正常人，一个不会因为出轨的想法将过剩的精力花在其他地方的人，一言不合就用暴力得到一个答案。

“你说咱们今晚是不是应该干点什么？”

“对。”

说这话时 A 和我、L 和 W，以及 W 的女朋友，我们坐在深夜里东四环外某个高楼鼎沸的小区。我们试图像在H城科大花园时那样找个随便什么可以坐下来的地方而失败了，于是我们坐在了一个小杂货铺门口支起的烧烤摊旁。烧烤摊只有一个烧烤架，两张桌子，和一个冷漠的老板娘。我们占了其中一张桌子。

老板娘走过来了差不多有五次，劝我们声音小点。“大家都睡了。”她说。

确实。

我们坐在被高楼包围的平地之间，风有点大，桌子随时会被掀翻。于是我们不得不要了几瓶啤酒，压在桌上，让它看起来稳当点儿。楼层黑压压的，偶有亮灯。而那辉煌之处，诱使着我们想要做点儿什么。

搞破坏。

有很多次都是因为我们试图找个地方坐下而失败，而不得不到人群之间大声喧哗。但现在我怀疑究竟有谁听得见我们在说话。

“我觉得我们今晚应该搞点破坏。”

“我也觉得。”

“什么破坏呢？”

“把桌子掀了然后跑掉？”L说。

“我觉得那有点儿欺负人。”我看了老板娘一眼。

“对。我们搞破坏，但我们不欺负人。”A说。

“没错。”

“我们得想好要欺负谁。”他又换了种说法。

“是的。”

然后我们陷入了短暂的沉默。

“小马，你有没有发现，我们之前会那样，是因为我们很闲？”A 说。

“你说得对。”

如果我们有钱，我们就是纨绔子弟。但我们都没什么钱，所以只能是酷玩子弟。你最好别和我们其中的任何一个人谈恋爱，因为你会发现当你这么做之后，你会成为一个靶子。没有什么恶意，不含任何针对性，只是因为无聊。成为我们中的一员只有一个办法，如果你没有在一开始加入我们，你就永远没法加入我们。有时候我也很为别人鸣不平。出于保护我甚至劝告过一个朋友，不要试图和 A 或是任何一个人做朋友。“我是为你好。”我想不出怎么才能把话说得不那么不客气。我想不出。这没什么办法。就像迈克·泰森说的：“生活就是这样。”而且你没法证明自己，和咱们一样坏、一样浪荡，甚至一样无聊？都不可能。

瞧我说的，好像真的有什么人想加入我们似的。

在过去，我们每次去科大五教的天台一次又一次地把门踹开，让保安不得不一次又一次地换锁，也是因为无聊。A说得很对。我们不仅很闲，我们还很无聊。我们最无聊的时候应该是有一阵A和X他们弄了个工作室，在万达广场，经开区黄金地段，那屋子不要钱，因为X是个富二代。工作室除了承接一些广告设计的活儿，最主要的内容就是聚在一起打游戏。J原先也是我们中的一员，他在打游戏时会很激动："操，农村人！"他会大吼。后来他毕了业，找到了一份银行工作，消失了一阵。后来工作室也就关了，我们都来了北京——我本来就在北京，这让我每次回去和A半夜出去打台球，他都会自嘲说自己就像侯孝贤电影里那些主角在乡下的小伙伴。"你看你又从大城市回来看我们了。"

不过我从来也没带回过什么礼物。

后来他们都陆续离开了H城。有几个来了北京。A和我，我们在北京平均每两周见一次，远远没有在H城的时候频繁。那时我们是半夜逃窜罪犯，除了破坏天台——

"当时你还有一辆摩托车。"我说。

"对。"A说。

"电动的。"W补充道，"我和你一起去买的。"

"你就不能不说出来？"A说。

"叫机车。"我说。

"对。机车。"A说。

“电动的。”W 说。

我们疯狂大笑起来。A 正色道:“你还记得当时我们去买车时……我不赚了一笔钱嘛。”

“对。”

“当时我们去买车，有个女的，超正点，腿巨长，胸这么大，站在那儿。我就上去搭话，你的车不错哈。”

说这话时我们正因寻找一个能够坐下来的地方失败，转而去找烧烤摊。

“我就问她，你的车多少钱啊？她说，没多少，就十几万吧。”A 停顿了一下，我们都憋住笑，“我就蒙圈了。然后我说，那是不贵哈。”

我们又狂笑起来。

“那是不贵哈，我说。”A 又重复了一遍，“然后我们就买了一辆电动车。”

“五千多。”W 补充道。

当时我们一共有三辆电动车，可以坐六个人。有一次我们甚至一辆车坐了三个人。我，A，J。当时 J 正在放假，那是一个夏天。J 在念研究生，金融系。就在那不久前，他还想要拿菲尔兹奖。但那时他肯定已经打消了这个念头。至于他工了作，又结了婚，现在他算是彻底从咱们中出局了。“操，农村人！”他出局之后我们倒是沿用了他这句粗口。

通常我们晚上八九点才出门，打完几局游戏，吃完饭，过了午夜，便开动电动车大军，在空荡荡的马路上占据整条机动车道并排行驶，以路人步行的速度。点子往往是这时候突发奇想的。

“咱们去砸电视机吧？”

偷东西欺负人的事儿我们不干，占人便宜非礼女性的事儿我们也不干。我们的犯罪通常完全没有任何目的性，毫无意义。而且我们不打架，这主要是因为我们没那个本事。肯定会输。

砸电视机就很好，虽然我们的动机很简单，但它可以被解读出更多的意义。而且这事儿不怎么费劲。事实情况就是如此，砸电视、砸微波炉或是砸洗衣机，它们没什么本质区别。闯入一个天台和闯入一户人家也没什么两样。这就让人很难相信我们真的这么干过。后来我把这事儿写成了一个小说，我不知道为什么要写成小说，也许是因为当时正好有个什么比赛，也许是因为我觉得它还挺有趣的，也许是因为，心虚。所以才假装以虚构的形式，实际上我在这方面笨拙得很，如果没有踏踏实实经历过，我就绝对写不出什么像模像样的故事来。这导致我只能写一类故事——

“话说，我前一阵把咱们的事写了出来。”我说。

“啥？”W说。

“你忘了第一个原则是永远不能提起我们？”A说。

“反正也没什么人相信。”我说。

我说的是真的。后来有影视公司买了小说的版权，但他们完全不知道该怎么拍这样一个电影。我写过几稿大纲，想了好几个圆这个故事的办法，可是都被否决了。“意义！主题！他们为啥要砸电视机？”

说真的，我不知道。我总不能告诉他们，当时我们的确没想那么多。而且我也几乎就忘了这个故事是怎么被写出来的。

他们大部分人都和科大有关，有些是科大子弟，有些是在科大附中上学，还有像我这样完全就和科大没什么关系的人。不过每次被保安问话的时候，我都佯装A的父母就是我的父母。“我妈是一系的，数学系。×××。”后来保安也分不清我和A谁才是×××的小孩。实际上除了A，我和其他人都聊不了几句话。比如今晚在我们去小区里和W碰头前，吃正儿八经的晚饭的时候，A出去抽烟，我就只能和L展开这样的对话。

“你毕业了吗？”我说。

“还没。”L说。

“我记得你不是早就在中科院读研了吗？”我说。

“我又开始读博了。”L说。

“好吧。”我说。

你看，我们确实不熟。一旦 A 回来，我们又会回到那种互不关心彼此在正常世界中的生活的状态。

这种情况和在训练馆里头很像。也许这就是为什么我老爱往训练馆跑，除了必要的工作社交，我慢慢地断绝了和所有朋友的联系。我知道这不健康，但谁规定了人必须健康地活着呢。再说了，我的朋友们有很多都是白痴。我猜在他们眼里我也一样。

训练馆的教练一共有八位，我只见过其中五位。每个教练都有特点。其中一个叫 Q 的最为活泼，每节课开场，他都要炫耀性地告诉所有人如下几件事：1. 他在欧洲留过学；2. 他的课教得非常好；3. 他打架从未遇到过对手。除了这点之外，他还不错。而且他对我格外有兴趣，总是试图让我开口说点儿什么。“你为什么那么害羞？”每当他这么问的时候，我总是礼节性地笑笑。我不想告诉他，我来这儿就是因为在这里可以不用说话。你以为？

Q 显然不是他的真名。Q 的名字是每个人都至少认识过一两位的那种，我就认识这么一位。我认识的 Q 是小学同学。他是班里最调皮的学生之一，但是长得非常可爱，有一双我见过最大的眼睛。我转学过去很久之后，才知道他父亲死了。警察，因公殉职。有一次老师因为他犯错而叫他“明天让你爸来学校一趟”，他站在全班之中，无所顾忌地说“我没有爸爸”，脸上好像还挂着笑容。

我的记忆力一直很差，随着年纪增长变得越来越差了，经常过去一天发生的事就完全不记得了。现在回想这一幕，我已经分不清是我亲眼所见，还只是听来的传言，它发生在我转学过去之前。不过，警察曾经是我小时候最向往的职业之一，当发现这门职业这么容易因公殉职之后，我就打消了要做警察的念头。

又过了好几年，有次我在高中门口再一次看到了Q。当时他已经长大了，我也长大了。他长大以后很像周润发，我非常好奇地看了他很久，才突然想起来他是谁。他站在门口，和几个混混在一起，有一辆豪华轿车开进学校，他上前敲敲玻璃窗，然后和摇下玻璃窗里的人说了几句话。那一幕看上去就像是香港电影，黑帮片。我们又辗转联系上了。我没问过后来听到的有关他的事情哪个是真的，比如他妈后来做了妓女，他带人去他妈上班的酒店闹事；他初中没上完，因为打架进了少管所，关了一年，我见到他那次他应该刚刚出狱不久；他小学喜欢的那个女生，现在仍然在喜欢。我猜它们都是真的。

他妈妈是全校长得最漂亮的母亲，要是我有这么一个母亲为了养家而去做了妓女，我也得伤心得发疯。

大多数情况下我们只是聊一两句有的没的，现在我也全部都忘了，也失去了联系。

这可能是我觉得 Q 和我、和我们之间最根本的差别。我们没受过什么伤害，我们搞破坏更像是一种游戏行为，没什么深刻的理由。没有钱的精神上的纨绔子弟，社会的寄生虫，垃圾。没有到垃圾那么夸张，就是无所事事的坏蛋。

一言以蔽之就是欠揍。

后来高中班主任在最后一次抓住我逃课的时候问我你为什么要这样，我也觉得这很难解释给他。就像每一次他抓住我的时候，我都是沉默地把手背在后头把一整张纸巾撕成碎屑。没有什么理由，就是不想上课。这话我自己也不太相信。因为不上课我也没做任何有意义的事，打游戏、回家、看漫画、谈恋爱，什么都没有做，我就是在学校里头闲逛。连这个听上去都毫无说服力，因为我们的学校实在小得可怜。有很多时间我都是什么也不做，就是一个人在天台待着。

这像我、A 和其他这些人，我们在天台上也没什么可做的，我们只是想待在那里，一个很高的地方。我们必须站在最高的地方。

在北京我们很少这么干了。一是我们都频繁地搬家，没有一个地方是我们熟悉的，我们不知道哪栋楼的天台可以上去。北京的楼实在是太多了。二是，在北京，你如果什么也不做站在天台上，准有人以为你想跳下去。

有一次在天台上我就是这么遇到了另一个人，当时大概是凌晨四点，我们彼此都有些尴尬。我怀疑他是来跳楼的，他也怀疑我是来跳楼的。

“要不，你先？”

我俩都憋着这句话。

“不不不，我不想跳下去。我什么也不想，我就是得待在一个很高的地方。”

你看，这真的很难让人相信。

后来我减少了爬上天台的次数，改成到地下去。你长大的一个标志，就是得学着不再给人添麻烦。

训练馆里最英俊的教练是最温柔的那一个，最严厉的教练则喜欢打人。每次上课我都会被打，有好几次差点就被打哭了，但是又咬牙坚持住了。说真的，他打人没那么疼，也就是象征性地打打。我不知道为什么被打的时候我会感到这么难过。也许是因为这说明我做得不够好。大部分人都可以做三十下完美的标准俯卧撑，我做到第十个就开始发抖了。也许我应该再去读一遍《第二十二条军规》，虽然我从来就没读完它。或者《老人与海》《白鲸》，随便什么。那种会让你觉得不坚持去做一件事就会感到自己是个废物的书。

废物点心。

每挨一次打我都觉得教练在跟我这么说话。

“你应该用你全身的力量去出拳，而不是只用你的胳膊。”教练在我耳边说。

废物点心。

“左手拳只是刺探拳，你得用你的右手去打倒对方。”

废物点心。

有很长一段时间我什么也不做，后来我意识到这么长的时间里我都是在等待，一个类似库斯·达马托之于迈克·泰森，或是巴赞之于特吕弗这样的人。当迈克·泰森被带到达马托面前，经过长谈，他说：“我一辈子都在等待这样一个孩子。”过了很多很多年之后我才看到这句话，我突然觉得难受极了。因为本来我差不多已经忘了这件事，我不再无所事事了，也不再搞破坏，至少相当长的一段时间，我和A他们，我们都是在规规矩矩地守规矩。赚钱，工作，让生活看上去在轨道上，煞有介事，有意义。除非你把我每天去地下训练馆和一群陌生人打架给算上。我觉得自己看起来相当正常。

我已经长大了。但还是没有一个人说，我一辈子都在等待这样一个孩子。那孩子就是你。

班主任在最后一次抓住我逃课之后宣布不再管我了，“爱干吗干吗”。我对此颇有些失望。我以为他会跟我玩猫捉老鼠的游戏玩到毕业。但他显然对我没那么在乎，班里有四十几个学生，高考在即，每个人都更值得被在乎。毕业的时候我给每个老师都写了张贺卡，你知道，就是那种客客气气的、感念师恩之类的屁话。实际上我真的挺喜欢他们的，有一次我帮朋友给孤儿院募集捐款——别想太多，我压根没那么善良，纯粹就是觉得好玩，实际上孤儿院我都没去过，在哪儿我都不知道，如果他们中有人在街上脏兮兮地拉住我找我要钱，猜猜我会怎样？滚远点臭小子，小心我揍你。总之打着这个名头，我把教研楼里每个办公室都跑了一遍，看到一个成年人就管他要钱。这感觉太棒了，因为我终于有个机会讹诈老师了。化学老师想都不想就掏了两百块给我，数学老师跟我磨叽半天，说自己儿子快出生了，最后我叫他给了我两罐奶粉。班主任从他儿子手里抢了一张十块钱给我。我没逮住校长。他在三楼，估计在我到达前就闻风丧胆而逃走了。总之这说明老师们都还不赖。给班主任的那张贺卡写了啥我已经忘了，不过好几年之后，班长去看了他一次，他回来跟我说，他抽屉里空荡荡的什么也没有，除了我写的那张贺卡。我说，老 H 真假。

现在我能想起来，至少有一次逃课的时候我干了什么。我找同学借了个手机，然后给Q打了个电话。“喂？”等了好久那头才接通。“我找××。”我说。××是我胡编的名字。“谁？”“××。你不是××？”“不是。”“噢，那不好意思我打错了。”“嗯。”然后我挂了电话。

我说不上来是从什么时候起我不再等待了，就好像你在天台上待久了，总有一天风会越来越大，你意识到不会有什么人来了，你得下去干点儿什么了。可能是某一刻起我开始意识到，我没遇到库斯·达马托，最根本的原因是，我不是迈克·泰森。

有一次搞破坏的时候我们被结结实实地抓了个正着，对方是个老太太，我们拔腿想跑，结果她感谢我们弄坏了她的电视，还邀请我们进屋坐坐，拿出果盘和花生让我们吃。我们几个面面相觑，然后还是坐下了。但我们没敢吃那些东西，不是怕她下毒，而是那些东西看上去得有一百年没人动过了。

我知道那些东西吃上去是什么味道，因为每次我去我爷爷奶奶家的时候，他们拿出的那些东西也是这样的。我爷爷每次见我都觉得我生活在水深火热之中，用一双饱含愁苦的眼睛看着我，嘘寒问暖。我最后一次见他的时候他不再问那些常规问题了。他突然问我，你在北京孤独吗？要是孤独你就回来吧。

我没法看着他回答这个问题。一是因为这答案很复杂；二是他患了肿瘤，开了刀又得了疝气，肚子胀得很大。虽然他的肚子本来就很大。可我就是没法看着他，我觉得他的生命在我眼前一分一秒地减少。他触及了一些本质的问题，我难以面对这样的真实。再说，我的答案重要吗？所以我假装没听见这句话。

他还没死，可在我心里他已经死了。这挺残忍的。但我也没法更难过了。

你长大的一个标志，就是得学着不再给人添麻烦。

也许 D 也是这么想的。这就是为什么 D 不声不响地突然消失了那么久，在我间或的几次消息都没有收到回应之后，才意识到事情有点儿不对劲。当我发现事情不对时，实际上就是已经很糟糕了。我从来也没想过做个好人，我是说，当我说你得学着不再给人添麻烦时，真正的意思是谁也别来麻烦我。这就是为什么以前 D 给我打电话时，大多数时候我都是直接掐掉。D 就是那种刚开始你觉得这人特别酷，非常有趣，总能变着花样地带你玩，后来就越来越成为一个麻烦的人。我猜那段时间谁都不愿意理他。大家只会说，D 是我的朋友。但到了最后，谁也不知道他到底陷入了怎样的麻烦。谁也并不真的关心。关心也没用。因为你不可能比 D 自己更有办法了。

在这方面，我和大多数人一样挺不怎样的。我还会给自己找理由，这世上绝大多数人也从没决定好他们这辈子是做一个坏人还是一个好人，因为他们这辈子几乎不会碰到什么道德困境，即便偶有相遇，大部分也都绕开了。这样，他们自然能生活在以为自己还是个挺不错的人的幻觉中。

但不管怎样，我还是试图去联系了D，D周围的朋友，还能联系上他的人，各种方法。知道D究竟陷入怎样的麻烦后我也懵了，我意识到D和我爷爷是一样的。他们都成了那种我只能看着他们的生命线一点一滴消失的人。毫无办法。

你在北京孤独吗？要是孤独你就回来吧。因为我也挺孤独的。

我不知道为什么对D产生了极大的怒火。也许我是生我自己的气，或是别的什么，比如，世界。想象一个模糊的空旷的词语，会让我的怒火稍微容易得到发泄一些。我还有许多别的怒火，我不怪别人，也不怪自己，就怪世界。

没有怒火的时候，我们会去搞破坏。有怒火我反而什么也不想干了。那会让我觉得自己在欺负人。

我不想欺负人，我就是想打架。

在训练馆的时候我都是在和自己打架，坚持十秒，你就能多获得一些和挨揍类似的痛苦，再坚持十秒，你的乳酸会让你体会体会什么叫绝望。现在起来吧，脚后跟不准挨地，标准姿势站立，好，再来一组。

唯一的快乐是在场的胖子发出高潮般的呻吟，全场就会一起大笑。这时我也会从一位沉默的战士中松懈下来，和他们一起大笑。也许我也并不真的想打架，也许我是在惩罚自己，谁知道呢。毕竟我干过的蠢事太多了，仇家也许也挺多的。谁知道那些被砸了电视机的人不会哪天找上门来，说，让我们决一死战？那时我希望我会像个英雄般回答他，事情都是我一个人干的。我希望这一刻我是迈克·泰森，至少看上去有点儿那意思。

“教练，我想学打架。”在那个名叫Q的教练加了我微信之后，我这么告诉他。然后他热情洋溢地告诉了我北京哪里教巴西柔术最好，哪里教自由搏击好，还给了我一份文档，上面是他的私教课程价格。这之后我再也没去上他的课。当然这主要是因为他自己开了个分馆，没空来这个地下室教课了。于是我继续天天在魔鬼教练手下挨打。

“想要学会怎么打人，你得先学会怎么挨打。”

夏天越来越近之后，训练馆的人也越来越多了。一部分是来减肥的，还有一部分是跑马拉松的。前者很快就会发现这里不是他们想要的地方，后者则总是忙于通过彼此身着的比赛衫估量对方的完赛经历再考虑是否要进行社交。有很多次我都想让他们闭嘴，但我知道这也无法引起什么成功的战火，他们只会觉得丫装什么逼，或是这人是不是神经病。更大的可能是他们根本不会把我说的放在心上。我也不敢跟教练打，很明显，一拳还没出去我就会倒地不起。于是我只能继续，再坚持十秒。

我不怎么回复朋友的问候，实在不得不回复的时候，我就告诉他们，我每天都很忙，没事儿别来烦我。有事儿再来找我。我把D的事和个别最有办法的朋友说了，我们试图去看了他一次，没成功。这之后有一次，在各种沟通失败很久之后，我几乎是灰着心给D发了条微信："一切有为法，如梦幻泡影，如露亦如电，应作如是观。"出乎意料，他很快给我回了电话。哽咽断续。我的怒火突然就消失了。我意识到我没遇到库斯·达马托，也许是因为，我可以成为库斯·达马托。有一天，我已经很老很老了，我的拳头都不用动，就可以让人老老实实待在一边，我会对一个被领着来到我面前的小孩说："我已经等你很久了。"

我这辈子都在等你。

"我觉得我们必须干点儿什么。"

说这话的时候我们已经从烧烤摊移动到了小区里一个小得可怜的游乐场里，实际上就是一片草地，中间有架组合式滑梯。A坐在了滑梯上，这么告诉我们。

“你说这话的样子让我想到一个人。”我说。

“谁？”

“慕容复。”

他们都狂笑起来。只有A例外，因为他没看过《天龙八部》。

“反正我们得干点儿什么。真正的，耸人听闻的，开天辟地的，大事。”

“对。”我说。

“不如我们去拍伪纪录片？”

“我觉得可以。”

“那我们拍什么呢？”

“我觉得我们可以拍《谋杀电视机》。”

“你是说把你写的咱们的事拍出来？”

“对。”

“那就不是伪纪录片了，那是纪录片。”

“也行。”

“那我们得先去砸电视机。”

“对。”

“为了拍一部轰动的纪录片咱们还得先去干轰动的

事。”A叹气道。

“没错。”

“好吧。”

A从滑梯上跳下来：“那我们先去看看这里哪栋楼的天台可以上去。”

“好。”

“我们先想好要欺负谁。”

“对，我们绝对不欺负人。”

现在，我得好好想想。

2016年5月10日

乞力马扎罗的雪

鉴于我经历了如此多奇妙的夜晚，有时候我非常渴望死一下，看看这些家伙们会怎么描述和我一起见证过的那些夜晚。当然我也就是这么一说，不会真的去死。而且万一我死了，这些混蛋选择集体沉默，永不透露有关那些神奇故事的一丁半点呢？那我准会被气得又重新活过来："你们为什么一个字都不说？"

"这有什么可值得说的？"他们可能会这么说。

他们甚至会拒绝承认他们认识我，曾经交过我这样一位朋友，我曾经如何在他们的生命轨迹中横刀插入一段跟不上节奏的 3/7 拍切分音符，然后他们选择集体遗忘我。"如果你死了我准会忘了你，因为怕太难过。"一个朋友这么假惺惺地跟我说。

这就是难题所在。

如果你的朋友们都是一群鸡鸣狗盗又自负得可以的

人，他们骄傲地拒绝讲出那些自己曾经参与过的历史性瞬间，或仅仅就真的是觉得那根本不值一提，你就很难开这个口。尽管我相当愿意把道听途说来的故事分享给大家——我简直就是迫不及待要这么做，但假如你是当事人之一，你就很难开这个口。人们准以为你是在耀武扬威夸夸其谈，哪怕你以再谦逊的姿态，也很难摆脱把“我”作为人称叙述时给人造成的不适。这实在有失身份。如果你是当事人，你就应当一言不发。然后在很多年以后经由另一个好奇的年轻人对你像海胆般咄咄逼人地挖掘，勉为其难地泄露一些曾经当年，或是那时你依然像如今这样生命力旺盛，难以忍受将任何一个夜晚用晚餐、室内乐和睡眠随意打发，然后那个好奇的年轻人碰巧成了一个围观者。他和你当年一样充满表达欲，急于向世界宣布自己不值一提的发现。那么你就有可能让自己恰如其分地成为故事的一部分。

可是现在我还年轻。至少看上去如此。我也不愿意死，我知道那些家伙最多愿意来我的墓前花五块钱买一支玻璃花，葬礼完了还要去我们常去的那间便宜馆子大吃一顿，再在路边买上一箱啤酒席地而坐，理由是为了告别，实际上谈的依然是抱怨他们做了而没能做成的事和幻想他们想做而没敢去做的事，关于我的死，他们一个字都不会谈。

我知道一定会是这样。

最多过了好几年、好几十年之后，他们又一次相聚在了一起，所有的话题都终结了，血液里只剩酒精，空气中只有沉默，这时他们中的一个会跳起来：“我们中唯一那个会开口把我们那些破事儿讲出来的人已经死了！竟然已经死了！我们还在这里干吗呢？”

这时我就会扬扬得意地看着他们，我的目的达到了，这就是我要的效果，你们总算被我气到了。

他们或者我没法开口把这些故事讲出来还有一个原因，这里头实在有太多秘密了，而且彼此不相容。任何一个秘密的泄露，都会引发一场小型飓风。我们每个人都恰巧成了秘密的一部分，组成了一个个独立的秘密守夜团体，但凡有任何一个秘密爆破，都会引起连锁反应，所有的秘密都可能连环爆炸。

嘭。像是这样。

什么？你没有听见？

嘭嘭嘭。就像是这样。

好吧。你看，你必须仔细听，用心：嘭——嘭——嘭——

现在你听见了。

所以我们唯有不说出任何一个秘密。

这可太叫人难受了。有时候我不禁想，既然我不愿意死，那么就让我们中的任何一个别人去吧。这样，秘密就仿佛打开了一个口子，你知道，一场生命的终结总会伴随着某种禁令的解除，它通常还意味着许多种关系的变化。愿死者安息，然后让我们找个酒馆痛痛快快地数落一下死者的不是。一般来说，最终的结束语都是："他其实没那么坏。"

问题是我知道他们也不愿意这么干。谁都想做一个死守秘密的坏人，活到死的老坏人。

实际上，我是在去莫斯科的火车上跟你说这些的。火车上的小贩讨厌极了，他们膀大腰圆，站在车厢外兜售克里姆林宫的模型或是俄罗斯风味的红肠时，车厢的上部总是会挡住他们的脑袋。这样我就更加听不懂他们要干什么。"可怜可怜我，买两根红肠吧。"这只是我的推测。

而那一通电话，实不相瞒，我是在上火车前接到的。原本我只是打算去买一份报纸，在报亭前刚付完钱，那通电话就响起来了。"你必须快点，越快越好。"电话那头说。

"我没法快。我快不了。"

"为什么？你在哪儿？"

"我在、我在火车上。"

"火车？去哪儿的火车？"

"莫斯科。"

我撒了个谎。然后把那份报纸折起来，夹在胳膊底下。报纸头版写俄罗斯政局动荡，俄中两国友谊继续保持五十年不变。这是我瞎编的，实际上，我只记得报纸头版写到了俄罗斯，上了火车后，这份报纸被我送给了隔壁车厢需要拿来铺餐桌的旅客，再没机会仔细浏览。

"嗨，你就吹吧。不管怎么样，你最好想办法快点儿。"他们说完就挂了电话。

我就知道会是这样。他们隔三岔五就会玩这种鬼把戏。编个理由把我骗到东五环外一个地图上都没有的鬼地方去，看他们那些愚蠢的把戏，上一回是——

你瞧，我差点儿就说漏嘴了。

反正甭管他们这次说什么，我都不会再去了。我已经在开往莫斯科的火车上了，货真价实，一点儿不假，火车票花了我一大笔钱，如果这都不能再使他们相信——那我可要认真考虑一下，是不是得从那些小贩手上买点儿红肠。"这玩意儿我家楼下超市就有。"他们可能会这么说。

那我准会气得朝他们吐口水，呸。

我就是这么上过五六回当。有一次是 L。那会儿我和 A 都还很年轻，L 也不算太老。我和 A 去 L 家做客，我们从他家的塔楼上找出了各种稀奇古怪的破家伙，一把弦已经生锈的芬达；几十张摆在货架上的金属音乐CD，Metallica、铁娘子、Lacrimosa，都是些早没人听的玩意儿；十几只尘封已久的箱子，据说里面全是书。L那时已经像个老年人一样，拿出所有不成套的餐具摆在玻璃压面的餐桌上，像模像样地倒上些威士忌。“听听，威士忌。”我和A哈哈大笑。趁L站起来去擦拭他那些成对成对的便宜袖扣的时候，我们就打开他那台还是16寸显示器的台式机，在里面胡乱翻找些有意思的东西。就是在那时，我们看到了一封信。准确地说，是许多封信。

我们当然是打开看看啦。那些信都是一个姑娘写给他的。当然，也可能是几个。但我们没有把每封都打开看，就无法确认这个问题。我们读了几封，很快就觉得无聊透了。那时我们都还不明白是怎么回事儿呢。也可能明白，就是假装不明白。之后有很多年过去了，L也都还是一个人待着。这期间又有一些姑娘试图给L写信，似乎还有一位几乎要把他说动了，但也很快就不了了之了。“你可能没有明白，我已经是一条很老很老的狗了，被你拖出来就要喘上好几口气。我再也喘不动啦。”L这么回复，简直快要哭了。

我会被L骗到，就是因为在我们都以为他就要这样安详地度过晚年的时候，他突然说，他给一个姑娘写了一封信。“八千字，我还在改。”他说得无比真实可信，带着这些年来在他身上从未出现过的激情，“等写完了你帮我看看。”这之后，我总是惦记着这事儿，隔三岔五就要问一次：“信？”一开始，L还雀跃或者腼腆，等着等着，他就逐渐把这事儿忘了。再后来，我问：“信？”他就仿佛不明白似的：“什么信？”

也可能明白，就是假装不明白。

按照生活习惯推算，L应当是我们中活得最久的。后来我一度疑惑，也可能他是我们中最先死的。等到上一回我见到他，他和三个和他差不多老的人一块儿打牌，完全不再关注我们正在预谋的行动，我就知道，他可以让我们放心了。

说到这儿，车停了一会儿，在二连浩特。再往前开，就得进入蒙古了。当车重新发动起来的时候，车厢里总算多了一个乘客。看上去是个足够年轻的小孩儿，因为她一开口就喊我“叔叔”。

“叔叔，您是去哪儿？”

“嘿。”我差点儿跳起来，“我看上去有这么老吗？”

她笑了。“所以您是去哪儿？”

我真后悔。我应该坐另一列火车，由莫斯科铁路局运营的K19，那趟车不经过蒙古，是从满洲里出境，从外贝加尔斯克入境俄罗斯。那样的话，我遇上的中国人得少些。对面的小姑娘就不会缠着我跟我说话。

“莫斯科。”还能是哪儿?

“真巧，我也去莫斯科！”她说。

还能是哪儿?

“您去莫斯科干吗？”她问。

“我去、我去看望一个朋友。”我又撒谎了。

“您在莫斯科都有朋友！”

“我的朋友都在莫斯科。”

“天哪！”她惊奇极了，“为什么？难不成您是……我知道了，您是一个外交官！”她太年轻了，根本不知道我这个年纪的人说的话，通常都是随便说说。——瞧我给她那声“叔叔”叫的，还真以为自己很老似的。不过我倒是真有一个在海参崴附近的一个地方做外交官的朋友，他在那里待了四年，然后像见鬼似的逃回了中国。“那地方根本不是人待的。”我连那个地方叫什么名字都没记住，只记住了海参崴。

这时候我的电话又响了。

“你还在火车上？”

“我还在。”

“你得抓紧点儿，再晚你可就真没戏了。”

“我努力。”

我挂了电话。

“让我猜一猜，是您的朋友打来的，问你到莫斯科还有几个钟头。”她说。

我点点头：“你真聪明。”

我没告诉她，如果不是那通电话，我压根就不会买什么去莫斯科的火车票。在火车站窗口卖火车票给我的柜员，反复和我确认了好几次目的地。她拿着身份证对着我打量了许久，久到我心里有些打战，就像以往我们干那些坏事时，那些警惕的陌生人在把他们的信任交给我们时那样。

“那您的朋友可得等上一会儿了。”她说。

“啊？”我没反应过来。

“从这里到莫斯科……”她掰着手指算，最后干脆放弃了，“还要好久好久呢。”

“对。”实际上从这里到莫斯科，还要一百一十四个小时。

嘀嗒，嘀嗒，嘀嗒。

现在是一百一十三个。

确认L平安之后。我以为B会是我们中最先走的那位。因为他是我们中最风光的那位。在他最风光的时候，他简直把这个世界上男人想做却没能做的事儿都做全了。他做的那些混账事儿，我几乎不想再提。总之，害人不浅。此外，他胆大包天，有好几次都差点儿把我们带入泥沼，走向深渊。虽然总是会有奇妙的点子从他的脑子里蹦出来，但他那种疯狂的不计后果似的性格，让我们总是有些害怕，事后回想起来，又多少有点儿后悔：为什么我们就没接受他的邀请呢？B就像我小时候看过的一本小说里提到的，那种定期从外面的世界给封闭的村庄带去冰块的吉卜赛人，所有的新鲜事儿都是他带给我们的。的确，在这些方面他有点本事。而且，他总是用一副你们都应该知道的腔调说这些事，仿佛他知道的事情所有人就都应该知道似的。这副嚣张的态度自然让我们有些不满。我们私下也会嘀咕："既然他这么厉害，为什么还要和我们这些窝囊废混在一起？""可能是在这个地方，我们已经是为数不多的狠角色了。"

事实可能就是这样。如果不是在这个半夜12点街上连条狗都没有的鬼地方，他一定有更好的朋友可以选择。有一次喝多了，B突然跟我们说："我要去美国了。"啊哈！美国。这就是B会说出来的词。我们当然谁也没当真啦。后来不久——就在那件事之后，他突然消失了。据说是去了美国。加利福尼亚。又过了几年他又突然回来了，变了个人似的，吃斋念佛，彻夜抄写《诗经》。再后来，就听说他进了安定医院。我们去医院看他，没看到人，倒是看到好几个满脸平静的老太太，正在排练《黄河大合唱》。几个月前我又上了一次当，就是因为他们告诉我B决定要死。结果等我到了，什么事儿也没有，他们在那个花鸟市场旁边的隐蔽酒吧里点着烛光喝酒。B没什么表情，药物把他控制得很好。“以前我感受不到什么情绪。吃药以后，我每天都觉得很悲伤。”

“那也不错。”我说，“就没有什么药能让你吃了以后感觉到快乐？”

“有啊。”

“什么？”

“海洛因。”B似笑非笑地看着我，那脸上的确看不到什么情绪，让我不禁怀疑我们以前认识的那个B是不是真的。“你看，你只有两个选择，要么感受不到情绪，要么感受悲伤。”

“能够感受到悲伤也挺好的。”我就什么都感受不到。我怀疑假如B真的死了，我们——坐在这里的这些人也都感受不到什么情绪。那时如果去参加B的葬礼，我们就得集体去开点儿药。而为了纪念B，我觉得我们应该去开海洛因。为了让我们体验到这种快乐，我不由得觉得B也许应该落实一下这件事。

——嗨，我跟你们说这些干吗。

按时间推算，这趟车已经靠近了乌兰巴托，我把窗帘拉开，指望能看到些蒙古包什么的。但窗外什么也没有：夜色已经完全地降临，除了蠢蠢欲动的黑，你什么也看不见。列车乘务员开始一个车厢一个车厢地推销晚餐，我拿出事先准备好的面包和水。对面的小姑娘似乎从漫长的冬眠中醒来，叫了全套的晚餐，甚至还有两瓶啤酒。

“这是给你的。”她把其中一瓶从桌上推过来。

“谢谢，姑娘，可我不喝酒。”我说。

“这不是酒。”她冲我眨了眨眼，见我还不明白似的，又强调道，“这是格瓦斯。格瓦斯是一种面包发酵……”

“我知道。”

“嘿！我真傻，我忘了，您是一个外交官，怎么会不知道格瓦斯是什么呢。”

为了打消她的热情，我只好半推半就地接受了她的馈赠。实际上我确实也挺想尝一尝的。

“您就没点儿什么可以回报给我的？”她立刻问。

“什么？”

“比如，您不妨跟我说说您做外交官时的事情吧。一定有许多有趣的事情。”

我无奈道：“不，我不是外交官。”她是怎么想的？瞧我这样儿也不可能是个外交官啊。

“哦，抱歉。那么，您是做什么的？”

“我是一个作家。”

我撒了个弥天大谎。但我总不能告诉她，我什么也不是，什么都不做，没有任何一份正经工作，完全就是个社会闲杂人员吧。比那甚至还要更糟：我是一个骗子，靠坑蒙拐骗为生。我的工作就是撒谎。我还有个搭档，A。A的特长是擅长模仿各种口音，我的特长是没有。如果非要说有的话，那就是强大的想要在这个百无聊赖的世界上生存下去的愿望。哦，我还有一个特长，就是谎话张口就来，一点儿不会有什么不自然。倒买倒卖，投机取巧，什么事我们都做。唯独不是作家。我们中倒曾经真的出现过一位作家，Y。一开始Y出现的样子挺像一个罪犯，反对一切，二两酒下肚就开始情绪激动，和我们推心置腹地讲述他要建立新的世界秩序的计划，每回出现这个计划的细节都会有所变化。后来当我们发现我们的名姓被改头换面以另一种方式出现在了Y的作品里，才明白他的革命只是一个幌子。Y还像模像样地在作品的开头郑重地写上，致X。然后跟每个人都说:“那个X就是你，不要告诉别人。”他还对每个人说，“在认识你之前，我没有什么朋友。”那副样子可怜兮兮的，看了真叫人伤心，让你忍不住要把自己的秘密告诉他。在他的大作终于曝光，被我们传阅之后，我们才知道被出卖了。我们迅速远离了Y。谁也不想自己的秘密有一天因为这种方式爆炸。我和A尤其害怕那件事会被他写出来，尽管我们发了毒誓，谁也不许透露一个字。

那个小姑娘半天没说话，嘴巴微张，眼睛瞪得老大，这副面容维持了足足有一个世纪，我才意识到不妙。

“哇哦——”她的嘴唇完美地做了一个弧形运动，“您是一个作家。”

“谁说不是呢。”

“说说看。”

“说什么？”

“您是一个作家，有太多可以说的了吧！您一定有很多精彩的故事。”

“那都不值一提。”

我突然意识到，从撒谎这个角度来说，作家和骗子也没什么区别。唯一的区别是我们不会出卖朋友。

“哎呀！”她突然捂住嘴巴，“您刚刚说您的朋友都在莫斯科……您的朋友也一定都是作家。那么，难不成您是去看望，比如……”她想了半天，“陀思妥耶夫斯基？”

“他已经死了。”

你看，我们做骗子的，什么都得知道一点儿，好叫在这种时刻不会穿帮。

“我知道，我知道，他早就死啦。我的意思是，你知道，就是类似的什么人。”

我笑了：“你看，姑娘，我很想告诉你一个像陀思妥耶夫斯基那样的名字。但是，我其实只是一个旅游作家。”

“旅游作家？”她迟疑道，“那是什么？”

“就是为杂志写一些游记啊、旅行感想啊，有时还要帮忙写一些旅游实用信息，比如交通和住宿什么的。这样的作家。”

“哦——”她的声音立刻降了下来，掩饰不住失望，“我还以为您是……像是海明威那样的作家。”

“谁不希望是呢。”

“不过，您已经很接近啦。海明威也会写游记什么的。非洲啦，古巴啦，西班牙啦。”她安慰我道，“您已经相当接近啦。”

“谢谢你。”我觉得反倒是她需要安慰，“这酒真不赖。”

“酒精度才1%，算不上什么酒。”她不好意思地说。

火车在黑暗中继续缓慢地前进，除非打开窗户让风进入，否则你几乎感觉不到自己是在一列火车上。不知怎么的，这样的平静让我想起了我看过的一本书，《度亡经》。你瞧，我这人没什么文化，一辈子也没读过几本书。但是那本书是那件事发生之后，B念给我们听的……唉！我又提这些干吗呢，不提也罢。

“不过，您一定也有很多故事可以说。”她又重新燃起希望。

姑娘，我真希望自己可以告诉你一个什么故事。问题是我太老啦。连一个完整的故事都想不起来了，那些故事里的人也都面目模糊。上周我去医院时，医生告诉我没事的时候多做些智力游戏。“譬如，下下围棋，做做填字游戏，背背单词也是可以的。”他说，这是为了提防阿尔茨海默症。

“什么？”

“阿尔茨海默症，就是一种进行性发展的神经系统退行性疾病……”

“我知道，”我打断他，“我是说，我还没到得这个病的年纪吧。”

“未雨绸缪，你也不小啦。”医生说。

我站起来，冷冷地道：“你知道吗，我是一个学者。语言学家。”我拿起他桌子上的报纸，指着上面的填字游戏，“这玩意儿是我出的题。”

那个医生显然懵住了：“那您可以告诉我这一期的

答案吗？我做了三天了。”

“不。我只能给你一个提示。”

“是什么？”

“阿尔茨海默症。”

鬼才知道那期填字游戏的内容是什么，让那医生猜去吧。随时进入另一个角色的状态是一个职业骗子的基本要求。我和A在不工作的时候，每天都会勤奋地保持这样的练习。练习的方式是通电话，当一个人突然给出一个语境的时候，另一个人需要立刻进入那个语境以配合，还要辅助以合适的口音、说话方式和情绪。有时候我们甚至觉得是这个游戏本身迷住了我们，我们并不是为了行骗而去扮演另一个人，而是为了扮演一个别人而行骗。经常练习着练习着，就真的忘了我们是谁，完全地进入了那个角色之中。有时候我们甚至非常得意，“咱们真是天才！”“可不。”“唉，你知道，有时候我也多么想体会一下普通人的快乐，俗世的烦恼。”“我又何尝不是呢。”要到放下电话，才想起来我们只是两个骗子。

那会儿可真叫人开心。

“真的没有什么故事吗？”她仍然穷追不舍。

我突然失去了耐心：“没有！这世界上哪儿有那么多故事啊？”我的音量吓到了她。我知道自己的态度是有些恶劣，可想到过去的那些事就让我心烦。

“好吧。”她撇了撇嘴，然后整理了一下床铺，把靠在床那头的被子仔细检查了一遍，掸了掸灰，平整地铺在床上，又从床底的行李箱里掏出一条枕巾，铺在枕头上。然后像个兔子似的钻了进去。她认真地做完一遍这些动作，让我简直怀疑这床该有多脏。

我把鞋蹬掉，靠在枕头上，把那头的被子用脚勾过来，盖了没一会儿就热得又把被子掀开来。照我出发的地方来看，夏天才刚刚结束，他们有必要用这么厚的被子吗？不过他们这么做也没错，这趟车五天六夜，在蒙古行进一天，剩下的四天都在俄罗斯境内穿行。要不了多久我就会看到乌拉尔山脉、西伯利亚丛林、普托拉纳高原、卡缅山、贝加尔湖、伏尔加河，气温会一天比一天下降得厉害，很快我会见识到冬天。

我在床上翻来覆去地睡不着，电话已经很久没响了，他们大概以为我真的会再去找他们。嘿，这怎么可能呢。我已经彻底认清了他们，再也不打算蹚这个浑水啦。现在可好，我尽日一个人待着，虽然无聊了一点，但自由自在。如果你到现在还不明白他们到底有多混账——我不妨说一件事吧，反正你这辈子都不可能和他们打交道。有一次，那又是很多年前啦。L那时候有一个女朋友，当然了，我们都不相信那真的是他的女朋友，我们都知道那姑娘不和L在一起的时候，时常会挽着别的男人的胳膊。只有L自己信以为真了，开口闭口和我们谈什么爱情。不瞒你说，听到这些话，我们都有些恶心。L是我们中看上去最像正常人的那个，其实也就是因为他有一份在保险公司的工作，正正经经。虽然说我觉得和骗子也差不了太多。有天L突然给我们每个人打了个电话，说准备辞了工作，因为那姑娘想去乞力马扎罗。“乞力马扎罗？那是什么？在哪儿？”“是一座山，在非洲，坦桑尼亚东北部，靠近东非大裂谷。”嘿，L说得这么清楚，好像他已经完全把这事儿搞明白，就要安排在行程上似的。所以我就不再问多余的废话，诸如“你们怎么去”“去那儿干吗”“要去待多久”之类的。我只是委婉地说，去乞力马扎罗也不用辞了工作啊，难道你不准备回来了吗？L嗫嚅着表示，也许就不回来了。“你这简直是异想天开！”不过我没这么说。主要是我和L也不是特别熟。其实我和谁也都不是特别熟，就算是A，我们也只是工作上的伙伴，私下里他是个什么人，我一点儿都不清楚。后来L当然是没有这么做。谢天谢地。我就知道，他离不开这个地方。不过他和那个女朋友就算是彻底掰了——是他给我们每个人发消息通知的——这绝对是他这辈子干过的最蠢的一件事。再后来，我才知道，是B说服了L。至于怎么说服的，我就不知道了。忘了说，B 的工作是拉皮条。不是引申意义上的拉皮条，就是你知道的那种。我们都不知道 L 那个女朋友去了哪儿。后来有一次，A 在电话里告诉我——当时我们赚了一笔钱，他准备拿着那些钱去好好爽一把的时候，敲门走进来的居然是 L 的女朋友。他吓得当场就软了，兴致全无。“你就没打算和她聊一会儿再走？”“我哪儿敢啊，她看着要吃了我似的。”A 说，然后又补充道，“不过我算是明白 L 为什么要和她去乞力马扎罗了。”“为什么？”“如果这样一个姑娘亲口说她爱我——我是说另一种方式，不是这种，我没准儿也会抛下一切跟她去任何地方。”这件事我们都没问过 B，但很显然和他有些关系，因为 L 女友工作的地方，就是他的地盘。当然，我们也没告诉 L。他俩掰了后，L 买了一箱辣椒酱，十六瓶，一口一口地吃完了。我会知道这个，是因为当时我恰好去 L 家找他借一顶帽子，推开门的时候，他正蹲在地上这么挖着瓶子里的辣椒酱，一口一口地送入口中。“我没有哭，是辣椒酱太辣了。”他抬头冲我说。

时间过得可真快，这些事仿佛都还在眼前似的。这就是会引发连环爆炸的秘密之一。在这些秘密爆炸之前，他们当然还是朋友，我们也都是朋友。不过我怀疑，经过了这么些年，就算所有的秘密都爆炸开来，我们的友谊也依然会坚挺下去。如果为这么点儿小事就生气，那可就太小气了，叫人看不起。

隔壁床传来轻微的鼾声。年轻人的睡眠就是这么好。我翻身下床，就着过道里微弱的地灯摸索着去了厕所，出来的时候差点儿和一个大块头撞在一起。他没事，我的脑袋碰到了旁边的货架，顿时眼冒金星。重新摸索到了车厢的时候，发现一个人影直突突地坐在那里，差点没把我吓死。

“你在干吗呢？”我问。

“哦，是你啊叔叔，我饿醒了，没东西吃，只好起来看会儿风景。”她说。

“你饿了？”距离她吃下那一整套晚餐，面条，土豆泥，熏肉，鱼子酱，蔬菜汤，还有一罐格瓦斯，才三四个钟头而已。她长得那么瘦小，一点儿不像这么快就能把这些东西消化完的样子。

“嗯。”她点点头，然后把窗帘拉上。我就说，有什么风景可看啊，真是说瞎话。“其实我不是饿了，我就是有点害怕。”

“害怕什么？”

“你看，我这是头一次出远门，还是去这么远的地方。我不像您，去过那么多地方……万一我遇到坏人怎么办？”

“什么样的坏人？”

“比如，骗子啦、小偷啦、强盗啦什么的。”

“这世上哪儿有那么多的坏人啊。”

“是吗？”她的眼睛在黑漆漆的光影中看着我，仿佛真被我说服了似的，“这倒也是。要是您都这么说，那我就放心啦。”

“放心吧，放心吧。”

“既然这样……您有吃的吗？”原来先前的那些话只是铺垫。

我挑了挑眉毛，紧闭着嘴巴，然后从鼻腔里叹了一口气，弯下腰从行李包里翻出一块面包，还有一袋卤蛋和一小包花生米：“就这些了。”

她兴高采烈地把它们全拿过去：“您真是一个好人，给了我这么多吃的！”

“那可不一定，”我说，“坏人也会给你吃的。”

她没理会，以为我只是开个玩笑。你不能说现在的年轻人缺乏警惕心，我确实长了一张好人的脸。随着年纪增长，我看上去越来越慈祥了。我猜这也是 A 会同我做搭档的原因之一。他长得实在叫人不大放心——问题不在长相，而在于他那副吊儿郎当的气质。在行骗这件事上，我和他有一些理念分歧。我觉得根据行骗对象和环境的不同而改变自己的外形是一个职业行骗者的基本要求，他却认为这只是细枝末节，只有不上道的雏儿才会靠这些表面手段谋生，他觉得他是天生的罪犯。“当然，你也算。”所以根本用不着这些糊弄外行的法子。于是咯，他就一直穿着那件背心，最多套上件棉布衬衫，穿着阔大的牛仔裤，裤脚拖到地上，摩擦出了毛边，还要戴个玉佩，绳子已经看不出颜色。年轻时就这么打扮，现在差不多已经四十好几了，也还是这么穿。我怀疑他是看多了香港电影——不得不说，他是看过不少电影，他那些口音都是看电影学来的。“年轻的时候我迷恋侯孝贤，苦练台普脏话。”我和A刚认识的时候，他操着一口东北话这么介绍自己。后来我才知道，A一开始想去混黑社会，但没敢提刀砍人——这是歃血为盟的必要条件，要入会就得带人命，投名状，后来发现自己不是想混黑道，是想拍电影。“侯孝贤就是没混成黑道，才去拍电影的。”当然了，他也没那个才华，最后才走上了行骗这条路。这些我都是看了Y的小说才知道的。你别说，在挖人隐私叫人跟他敞开心扉这件事上，Y真有几下子。不过有一个事情Y不知道，A戴着的那块玉佩，倒不是模仿电影来的，那是他祖母给他的，他祖母叫他好好做人，交代完这些没多久，他祖母就命归西天啦。不过在A面前，你最好别提他祖母。

电话突然又响了起来，简直要把整个车厢的人都吓得从床上跳起来。我赶紧摁掉了电话。那姑娘被面包呛住了喉咙，把我放在桌上的那瓶水抄了过去，拧开瓶盖咕噜咕噜喝了几大口，这才惊魂未定地看着我："您的朋友这么晚了还打电话啊？"

"真不好意思。"

"您不接吗？"

"他们就是瞎胡闹。"

"这么晚了还打电话，肯定是有什么急事。"

"能有什么急事啊。"

"我觉得，您最好还是打回去问问清楚，没准儿呢。要是真有什么事情可就不妙了。"

"没事的。"我把电话关机了。

"唔……"她还想说什么。

"他们不是我的朋友。"我干脆说。

"哦？这样啊……那……那……"她不知道该怎么说了，支支吾吾了半天，最后小声说，"那也最好还是问问。"

我重新躺回床铺上，靠在枕头上。她把那一堆东西吃了个精光，把包装袋什么的一股脑儿都扔到了餐桌上，叫我有些不满：她把自己收拾得倒是挺干净。

"姑娘，你操心的事情可真多。"

"叔叔，你关心我，我自然也应该关心关心你咯。"

我听了这话不由得冒火，我什么时候关心过她了？尽说瞎话。

她说完自己倒是笑了，好像知道自己是在胡说八道似的，又追问道：“叔叔，您去了这么多地方，哪里最有意思呀？”

“哪里都有意思。”到这个点，我真的有点困了。

“一定有一个最有意思的，您最忘不了的地方。”

“那就是我还没有去过的地方。”

“那哪里您还没有去过呢？”

“乞力马扎罗。”我鬼使神差般说了这么一句。

“那是在哪儿啊？”

“在非洲，坦桑尼亚东北部，靠近东非大裂谷。”我说得跟真的似的。

“您准备什么时候去？”

“我老了，不一定能去那里啦。”

“怎么会呢？您还有好几十年可以活呢。而且，您一定有很多读者，等着看您把那些地方写下来呢。”

“嗨。跟你说话真没意思。”

“为什么？”

“说着说着，我都有些伤感了。”这是真的。

“为什么？”

“因为你太年轻啦。”

她仿佛明白了什么似的，我看不到她的脸，是猜想出来的，因为她听了这话，有些沉默。也可能没有明白，是假装明白了。

“那不如说说……说说给你打电话的人吧。”

“我说了，他们不是我的朋友，也没什么好说的。”

“那他们是谁呢？”

“是我以前在路上遇到的人。”

“你们做什么啦？”

“我们放过一场烟花。”

这也是真的。有一回我和A弄到些便宜价格买来的烟花，当时我们得到了一个机会，觉得能干一票大的。好几十年前，骗子还没有那么多，傻子倒多得很的时候，我们随便就能玩一些小花招把那些最不值钱的东西以高价转手出去，后来这行当开始讲究运营、发展、规模、因地制宜，骗子们合起伙来开公司，广东和福建口音就是被他们弄得没法用的。只有我和A还在坚持面对面行骗，坚持只有两个人，用最老派的手段工作，这口饭就越来越难吃了。我们看准了一个走私商，打算用一车烟火伪装成炸药糊弄他，幸好我们没这么干成，但没这么干成的原因是B说要给我一个惊喜。当时我开着货车在高速公路上，B突然打来电话，问我在哪儿，我毫无防备地就说了。B让我再往前开三千米，那里会有一个废弃的加油站，他们都在那儿等着我。“快一点，再晚就来不及啦。”他当时也是这么说的。等我开到一看，B果然在那儿，还有A，L搂着他还没掰的女友，哦，Y那时也在。B叫我把货车上的东西都卸下来，放在一边儿。我老老实实地这么做了。结果刚把那堆烟火卸下来，B就冲上去把它们点着了。我目瞪口呆，还没弄明白是怎么回事儿呢，就看到见天的烟花一个一个地被连环点燃，咻咻地冲向天空，一簇一簇地在夜里绽开，嘭嘭的声音连绵不绝，简直要把上帝都吵醒，五颜六色的火光像雨一样落下。高速公路上的车都停了下来，不知道发生了什么事。“你疯啦？！”我朝B大吼。他们都狂笑不已，然后齐声唱道：“祝你生日快乐！”

我傻了半天，然后愤愤地说：“神经病！”

“快上车，不然就该来人了。”B招呼所有人一块儿上了货车，挤在本该是烟花的位置。然后等着我上车。

那一刻绝对是我最想和这些混账脱离开来，跑到一个他们谁也找不到的地方的时候。

“不过我最后还是上了车。”

“你一定还是被感动到了。”

“不，因为只有我会开车。”

我把这件事抽取了关键信息，简略地说了个大概。等我说完，发现她居然重新坐了起来，好像我说了一件多么传奇的事情似的。

“太棒了！叔叔，你看，你还说没有故事！”她兴奋地说。

“问题是，那天根本就不是我生日。”

我就知道 A 没有那个胆子做这票生意，才去偷偷找了 B。虽然后来不久那个走私商就进去了，我也算是托了他们的福。但这多少都算是一种背叛，为此我和 A 很久都没有再搭档工作。我没有找他，他也没有找我。只有 B 不时还会笑嘻嘻地提起：“怎么样？惊不惊喜？意不意外？”他将此视为自己干下的又一件对全人类的贡献，那口气好像我还该为此感恩戴德似的。他倒是丝毫不记得为了摆平他那些难缠又麻烦的客人，我和 A 不计酬劳地帮过他多少次忙。我猜是因为我们刚刚认识 B 的时候，他找我俩和他玩一些仙人跳的把戏，从那些猪一般的生客手里弄点钱。后来我和 A 都嫌这把戏太低级，根本用不着什么骗术，只要认准了那些客人是过路客，有些身份背景，不好意思把这倒霉事儿透露出去，一般准能成功。我们配合着 B 做了几次之后就不干了，他后来又劝过我们好几次，我们都没答应，他多半一直耿耿于怀。

“我觉得，您应该把这些写下来。”她说。

“什么？”

"就是您刚刚说的这些呀。这多么有意思啊。"

"谁会爱听这些故事。"

"那可不一定。不过，您说的这个故事倒是让我想起了一个作家。"她说。

"谁啊？"

"哦，您应该没听过，是一个没有名气的小作家，连名字我也忘啦。我觉得您说的故事和他写的有点儿像。"她说。

听她这么说，我不由得有些紧张。

"他也写了烟花的故事？"

"不不不，他没有。他写的故事完全是另一个故事……怎么说呢，也许只是我的错觉，我总觉得你说的故事和他写的故事，有某种相似之处。"

"他写的故事是一个什么样的故事呢？"

"讲的是有关两个骗子的故事。"

"哦？"她说到这里，我也坐了起来。

"不过叔叔，我有点困了，明天我再和您说那个故事吧。"

"不，你还是现在就告诉我吧。"

"哈，您好奇了？"

"对。"

"那个故事也没什么大不了。就是说，有两个骗子，他们哪，不是普通的骗子。当然了，也不能说不普通。他们的不普通主要在于和其他的骗子不一样，比如……”

“他们坚持一些特别老派的行骗方式？坚持下场作战，两个人行动，而且坚决不玩那种电话诈骗之类的小把戏？”

“嘿！您知道的可真多。”

“电影里都是这样写的，就像《老无所依》。”我有些着急要听她说下去，“然后呢？”

“然后呢，就像电影里那样，世风日下，骗子也越来越不好混啦。这两个骗子有一个朋友，是做法律之类的工作，在一家保险公司。有一阵不知为了什么事，他俩闹了别扭，好久都没有再一起搭档工作了。”

因为很久没有干活，那阵子我一下子变得有些窘迫。我猜 A 过得也不好。有一天，不是他，是 L 找上门来。这老兄先是开口谈了些莫名其妙的事情，问我最近过得怎么样啦、有没有约女孩啦、还去不去夜场跳舞啦之类的。总之，就是嘘寒问暖的那些屁话，好像他真的关心似的。他还给我带了一件夹克，我以为是要借给我——我工作的时候总是往 L 那儿跑，找他借些合乎正常人打扮的衣服。谁让他是个绅士呢，那些衣服只有他那儿有。他说：“不，这件就送给你啦。”然后，也不管我同不同意，就领着我上了一家高级馆子。A也在那儿。我一见这个场景，差点又要气得掉头就走。他们准是又在背后商量好了什么事，就等着我上门挨宰呢。L非把我摁住，我见好吃好喝的都已经上齐了，唉，那就坐下来听听他们又要干什么吧。结果等到一桌子菜都吃得差不多，A才开口说了那个生意。

“他们的计划是这样的，那两个骗子假装是普通车主，故意开着车在马路上找别的车子发生点碰撞，然后去向朋友工作的那个保险公司骗保，那个朋友在保险公司干了许多年，同他们合起伙来干这个那是再容易不过了。于是咯，他们就答应了。一开始先是尝试着干了几票，都十分顺利……”

“不不不，”我打断她，“这听起来不太真实。就算再熟练的车手，哪有那么容易，说碰到哪儿就碰到哪儿的，我猜他们先是找了个那种废弃车辆回收厂，趁着没人的时候溜进去练习了好几次。这期间两个人一定还有争执，那个谨慎一些的骗子坚持要多练习几次再上路，那个自命不凡的骗子呢，则是迫不及待就要开始。”

“您说得太对了！”那姑娘忍不住击掌，“我读小说的时候也觉得这里写得有些生硬，您这么一说就合理多啦。”

最终我拗不过A，我们练习了差不多十来次吧，就上路开始寻找目标了。头几次不都是那么顺利，不过在L的帮助下，我们也拿到了一些钱，不是每一单，有两次我只是撞坏了前车灯，再加上我们没法频繁做这个生意，不然L的公司准会怀疑。当然，车子和身份也都得常换。这样一来，A很快就觉得这买卖没什么意思了。“这简直毫无技术含量嘛。”他怀念过去那些需要用到他精湛的表演艺术的好日子。而且，开车的总是我一个人，A觉得这事儿简直和他没什么关系，他就是坐在副驾驶上，帮我看着点儿目标和位置什么的。我总给他抱怨得心烦。

“然后，有一天，那两个骗子又为了一点儿琐事吵了一架……”她突然停了下来，“叔叔，我总觉得这里写得也不对，小说里写那个骗子平常是个有些懦弱、总是跟在别人屁股后头转的家伙，他那天哪来的勇气去做后面的那件事呢？”

我把窗帘拉开来一些，我和对面的姑娘说了这么久的话，天看着都有些要亮的样子了。其实还算是黑的，只是我希望它能快些亮起来，好叫这个夜晚赶紧过去。我还惦记着看蒙古包、大草原和像海一样深的贝加尔湖呢。

“人总是会有那么一刻变得不是自己的。”我说，“也可能变得是他自己。”

“您说得可真深奥。”她看着我说，不过很快又继续说下去了，“那是个夏天。”

那是个无比漫长的夏天，L给我的那件夹克我都还没有机会穿过一次。那一天，我和A已经开着车在街上转悠了一整个白天，车的空调坏了，我们只好开着窗户，就算这样，衣服也全给汗水浸透了。好不容易到了晚上，我已经疲倦极了，想赶紧结束这没有收获的一天，A却坚持要再碰碰运气。为了保险起见，天黑之后收工是我们干这个买卖的一个原则。A却固执起来，说他预感到今天会有好运。我俩就是为这个争执了一番，A突然嘲弄我道：“上回你干烟花那个买卖的胆量去哪儿了？”嘿！好家伙，他居然敢跟我提这个事。我懒得再和他说，调了个车头准备直接回家。A还在一旁兀自说个不停，好像我没接他的话，他倒更来劲了似的。我踩了一脚油门，加速往家的方向开去。就是在这时——

“他忘了前面是个小小的十字路口，从左边也刚巧冲出来一辆车，哑黑色的，在晚上实在不怎么亮眼，而且，他根本就没来得及看清那辆车的样子，就一头撞了上去。两人都吓傻了，过了好一会儿才确认各自都还活着。对面那辆车就惨了，被撞得脱离了公路，翻到了下面的草丛里。”那姑娘用一副非常平静的语气复述这一切，让我都错以为当时的自己没那么惊慌。

事实上，是A先下车去探查了那辆车的情况。他去了那么久，我差点儿以为他不会再回来了。等到他面如死灰般走回来，我才从他的脸色上觉察到了什么。“死了？”他点点头。我的第一反应是给L打电话，A拦住我。“怎么了？”他没说话，而是叫我也去看看。

“原来他俩撞翻的那辆车里坐着的人，是那个在保险公司工作的人过去的女朋友。”

她说完这句话，车厢里死一般的寂静。我忍不住又掀开窗帘看了看，天怎么还没亮呢。按说现在已经快五点了，太阳应该就要出来啦。其他车厢里的乘客，怎么也一点儿没有起床的动静呢。他们中就没有一个人像我这样，总是无法得到彻夜的安眠吗。他们难道不会像我这样，每到闭上眼睛的时刻，脑海中就浮现出一张脸吗。那是一张没有生气的脸，苍白无比，在黑夜里散发出隐微的光，蓝色的，就像乞力马扎罗的雪。

“后来呢？”我终于开口问道。

“小说的后面写得有些语焉不详，唉，我是不大喜欢这种写法，太多的抒情和莫名其妙的景物描写，看得我头疼。”她说，“总之，他们叫来了另一个朋友，共同商议了一番，都决定不要告诉在保险公司工作的那个人这件事，这里我也看得不太明白，为什么要这么做呢？小说里好像是说，为了他们共同的友谊可以继续。可如果是真的友谊，这么做就太不对啦。”

“你说得对，”我叹了一口气，“你说得太对了。”

我们叫来了B，B这才知道为什么客人等了那么久都没有等到L的女友上门。实际上我们根本没有时间商议，只是不由自主地形成了那份默契。这必须是只有我们三个知道的秘密。我们安慰自己，按道理来说，这事儿也不算我们的错，事后我们的确也没有被追究任何责任，因为那个路口的路灯坏了。

“故事到这里就结束啦。”她打了个哈欠，“叔叔，您的精力可真好，我已经困得不行啦。”

“你真的不记得这个小说的作者是谁了？”

“不记得了，是在一个杂志上看到的，那份杂志是好几年前的过刊，上个月听说都已经停刊了。”

“这个故事你倒是记得挺清楚。”

“是呀，叔叔。是呀。”她点点头，“虽然有些地方有些生硬，可它写的就像是真的似的。”

“可不，我都差点儿以为是真的了。”我说，“只有一个地方它写得还不够真实。”

“是哪里呢？”

“那个开车一头撞上去的骗子，我猜他当时并不是由于意外才那么干，他应当早就看到了那辆从左侧行驶过来的车。他是故意要那么做的。”

"为什么呢？"

"也许是因为他和搭档赌气，也许是因为他和自己赌气，也许是因为在那一刻……他也不想活啦。他想叫上帝看一眼自己。"

"世界上哪里会有这样奇怪的人呢。"她看了一眼手表，"哎呀，都到了九月十号了。我得赶紧睡了，十一号还得交论文。"

"今天是九月十号？"

"是呀，叔叔。"

我突然明白为什么在火车站窗口买票的时候那个售票员看我的眼神有些不对了。

"今天倒真的是我的生日呢。"我说。

"是吗！"她瞪大了眼睛，"哎呀！我明白了，您的那些朋友……不，我是说给您打电话的那些人，说不定是要给你一个生日惊喜呢！"

"是吗。"窗外总算有一缕光线照射进来，我把窗帘拉紧，好让那姑娘能睡个好觉。

"一定是这样的。"她拉起被子，重新缩进去。

"睡吧，姑娘。"

"还有一件事我弄不明白。"她说。

"什么？"

"假如那个在保险公司工作的人一直不知道他女友

的死，那么他会以为她上哪儿去了呢？”

“乞力马扎罗。”我说，“因为他的女朋友一直告诉他，她要去乞力马扎罗。”

“哦，这个小说里可没写。小说的最后就写了他们在那个姑娘的尸体旁边念了一段话，是……唉，那段话太艰涩了，我一点儿也不记得啦。”

那段话是这样的：

> 尊贵的X，谛听，谛听！你正在体验清净实相明光的光辉。你应加以体认。尊贵的X，你现前的智性，其性本空，无色无相，本来空寂，即是真空实相，普贤法界体性。
>
> 你自己的这个智性，就是净识的本身，就是普贤王佛。而所谓本空，并非空无之空，而是无有障碍，光明焕发，随缘赴感，喜乐充满的智性本身。
>
> 你自己的这个其性本空、无色无相的净识与光明焕发、喜乐充满的智性，二者不可分离，两相契合，即是圆觉法身境界。
>
> 你自己的这个光明晃耀、其性本空、与光明大身不可分离的净识，既没有生，也没有死，即是无量光——阿弥陀佛。
>
> 你能有此认识，即已足够。将你自己的智性视

为成佛的空性，并将它视为你自己的净识，即可使你自己安住在大觉的圣心境界之中。

“您知道的可真多。叔叔，您应该把这些都写下来。叔叔，晚安，我要睡觉啦。”

“晚安，睡吧，姑娘。睡吧。到莫斯科还要好一会儿呢。”

2017 年 10 月 4 日

了不起的盖茨比

李从飞机上下来的时候，战争已经持续了十六年。

而这个机场看上去甚至没什么变化，无目标庞大，祸害人嘈杂。连机场门口拉拢客人的小贩都还是原先的那位。“一日游需要吗？”穿着T恤短裤的妇女拽住他的胳膊，手里拿着一本旅游宣传图册，“周边游也有，三天，包车包午餐。”李摇摇头。“长途游？公路自驾？直升机环游也有，包你看全天际线。就是贵点。”

他记错了，只是看上去是原先的那位而已。怎么可能呢，这么多年过去了。

李心说，是啊，操，怎么可能。

李只在心里操，李从来不说脏话。

李说：“谢谢，不用。”

“那么住宿呢？你是来出差的还是旅游的？”妇女继续问。

“都不是。我回家来的。”李奇怪他看着怎么会像是个出差的。他看着有那么老？他忘了自己在37度的天气里穿了一身黑色正装（Which is the dress code），手里提了一个电脑包（He gonna throw it to hell），除此之外就没有任何行李（No need）。毕竟他只打算待三天就回去，最好的话连三天都不用（No need）。任何多余的负担都会加剧他一回不返的恐惧（Not necessary at all）。

妇女失望地松开手，李问：“您知道穿梭大巴在哪里坐吗？”

“什么？”她疑惑不解，仿佛李说出了一个什么新词。

“我是说，机场快线，机场大巴，或者是……”李搜索着记忆中的，应该说是历史中的那个词。那个十年前他从这里离开时使用过的词。

“你是要去哪儿？”

“市区。”其实并不是。

“哦！”妇女的眼睛重新闪出一丝精明，招呼旁边的一个男人，“快过来。有活儿！”

那个男人站在停在门口的一长排出租车中的一辆旁边，正抽着烟和其他司机聊天，听到妇女的招呼忙掐灭了烟小跑过来。

"把你地址告诉他。"妇女命令李道。

这显然不是李想要搭乘的交通工具。"这里就没有什么……公共交通吗？地铁？轻轨？"在李的印象中，十年前他就是搭乘机场快轨来这个城市边缘的机场。那时候乘坐计程车还很贵。他爸爸不会选择这样不合理的生活方式。他理性地保留了父亲理性生活的标准，是出于认同（Is that true?）。

妇女和男人哈哈大笑："小伙子，这里就是市区。你要去哪儿都不远。"

李总算明白了。这是一场城市大跃进建设的时空误会。于是他接受了男人的邀请（Cauz he can't find no excuse），钻进了他的出租车。

干净，整洁，味道不差。也就是说一股熟悉的空气清新剂的味道。"微笑服务"写在前排座椅后方的靠枕布帘上，所以男人一直在微笑。李觉得有什么不对，这甚至都不是他记忆中的那个城市的样子，那时候人们并不微笑。并不总是微笑。

"你应该很久没回来了吧。"男人从后视镜看他（A courtesy smile）。

"是。"李不想聊天。

因为李不想聊天，所以他从包里拿出一本书。

"有多久？"男人继续问。

那本书是他在飞机上隔壁座的老头塞给他的。说塞给他并不准确，那会儿他一直在试图写那篇该死的作文，那篇一周后就要提交给各个大学甄选委员会以决定是否接纳他为一年级新生的作文，这决定了他日后将以什么样的起点开始为这个国家效力，也就是说拿多少报酬用于生活，多少用于毁灭生活，多少用于留给后代支付到对方站在同一个起点上继续开展生活。李把最后一部分直接划掉了。李觉得没必要（Is he really sure?）。

“看样子怎么也有好几年了吧？”司机说。

（Beat）

整个飞行的上半程他只敲了不到二十行代码，剩下的时间花在了两场他在准备 AP 考试期间漏掉的超级英雄电影和送餐机每隔四小时降下的餐点上，当他拿出阅读器准备再次研读一下普校的满分作文以便调试他的算法时，隔壁的老头把那本书递了过来。

“我估计你至少有三五年没回了，不然不会还想着机场快轨。那东西三年前就拆了。”司机说。

（Beat）

一本诗集。真新鲜。李估计得有一个世纪没看过这种东西了。他翻开第一页就感到一股条件反射的生理不适（Reminds him of the memory he tries to forget）。那老头大概以为他是中国人——他确实是，所以才把这本书递过来，叫他看看，或许会对他的写作有什么帮助。因为他看着他盯着电脑的编辑器盯了半天，也没有敲出一行代码（Instead, two lines were deleted）。没有，当然不会有任何帮助。但是李不会告诉他——他应该也是个中国人（Of course），他是在试图利用过去的SAT高分作文和市面上最成功的写作智能体的开源代码帮他完成这项任务。他这么说就等于承认自己是在作弊。虽然他知道那个老头不会懂。从他开口说“代码”这个词的时候他就不会懂。因而他只是礼貌地接受了，并发出了一声恰到好处的“哇哦”（Wow）。

“你是不是不太愿意说话？啊？哈哈。”男人从后视窗瞅着他（A perfect courtesy smile）。

（Beat）

对，没错，确实如此，难道你看不出来我正捧着这本书读得入迷就是因为我不想讲话吗？你知不知道这本书写得有多他妈的好（No, he is just kidding）？

“不好意思我刚没听清，您说什么？”李说。

“我说是不是你们美国回来的小兔崽子都是这样？”男人说（With smile）。

“什么？”李这会儿是真的没听清（Yes, he heard it）。

“你是从美国回来的吧？”男人娴熟地绕开拥堵路道。

"是。"

"我一猜就是。"

李迷惑不解。他翻开的那一页上写着"被动"，那首诗的题目。下面的字他一点儿也没看进去。他看着那两个字，然后跌落进那片语词，感到自己正处在这样的局面之中。

她说　/m/
必须很久很久不说话
才发得出来
这非常低的 /m/

"在美国工作？"

"上学。"

"哦——，那就难怪了。暑期实习？"

实习？不。我来这里实习干吗？再说了，现在还有可能回来实习吗？如果是为了申请学校，为自己的履历上添些社会实践的光环，最正确的选择是去非洲，肯尼亚或是埃塞俄比亚，但那些名额全叫印度人占光了，像我这样的要么去东欧要么去南亚，最合适的地方是中亚那些已经被世界版图遗忘的地方，但事实上就是谁也不愿意去那些地方，还不如多修一些 AP 课程，业余参加

LGBT 游行或是为少数族裔平权运动烤些小饼干（But he doesn't know how to cook at all）。

“不，我就是回来，看看。”李酝酿了一下用词。

“那可真难得了。你是不是都快不认识了？”司机问。

“是，变化可真大。”实际上出了围绕机场新修的这一片高楼，李很快就都认得了。一个彻头彻尾的卫星城市幅员辽阔，置换出一片波澜壮阔的海市蜃楼天地无用。

“现在要回来，是不是挺不容易？”司机问。

“也没有那么难。”

李想起了过海关的时候那个海关盘问他的样子。你来这里是干吗的？不干吗。不干吗是干吗？就是看看。看什么？看一位朋友。这朋友和你什么关系？普通关系（No, their relationship is terrible）。你准备待多久？一天，最多三天，不能再久了，你看我连托运行李都没有（No need）。那你回来干吗？是啊，我回来干吗，我也想问自己这个问题（He asked himself too many times）。你什么意思？没意思，我就是想回来，我在准备申请大学，已经六个月没放松过了，我太累了（Poor boy）。你知道现在是什么状况吧？清楚明白。你能保证三天后就走？我发誓（He swear）。你能保证？我以托洛茨基的名义发誓（Actually he should swear in the name of Stalin）。你能保证？我以卡斯特罗的名义发誓（Actually he should swear in the name of Eisenhower）。你能保证？我以王安石的名义发誓（Actually he should swear in the name of Voldemort）。

李低头。

然后不动
不想动
那音节拨不动一丝涟漪

在养着青苔
绿灰的湖
她说　/m/

"不晕吗？"司机问。

"嗯？"李问。

"我说那个。"司机从后视镜朝他手上的书努努嘴，"这年头像你这样的人越来越少了。"

"是吗？"

"我是说，书。你懂吧。所以我才知道你是从美国来的。我从机场接的客人，凡是像你这样的，嘿，我就知道他们得好些年没看见这个了。好像他们真没见过似的。这才多少年？”

“其实我们也看。”

“我知道。你们看的都是……那叫什么？”

“阅读器。”李说。

“不不不，我不是说那个，那玩意儿我们也有。好几十年前就有了。嗐，你怕不是这里出生的吧？从没来过？”司机又从后视镜看了他一眼（With smile）。

“我是十年前走的。”其实他三年前回来过。

“那可不至于连这都搞不清吧。”司机说（Almost lost his smile），“我说的是，书里的东西。故事什么的。你们看的那都是……我听说你们看的都是，总之不是真的。”

“您想说是机器生产的？”李说。

“对，我就是这个意思。”司机说。

“那不能叫不是真的。只是不是人写的罢了。”李说。

“你要这么说就没劲了。”司机说（Completely lost his smile）。

“比人写得更好不是吗？”李说。

“嘁。”司机鼻子出气，“那怎么能比呢？机器写的东西，和人写的，那能一样吗？我就不说书了，就说……就说……”司机试图找出一个有说服力的例子，“就说我儿子最近买的一把琴吧。这混账东西，花了那么大一笔钱买了这么个破玩意儿！说到这我就来气。”司机说着说着就跑偏了，心头余恨尚在，半晌才回忆起来他的态度不正确，“咳。总之，他买了那么一把吉他，我说这东西你随便上哪儿买也不可能要这么多钱哪！他给我说，这琴贵就贵在人家那是手工做的。说手工做的怎么怎么就比工厂的好了。音色啊手感啊这个那个的。”

哦，这个问题啊。李开始思考。这个问题可不好说。想要知道手工制作的琴和工厂生产的琴，它们的根本区别在哪儿，首先要搞清楚决定一把琴的好坏的标准究竟是什么。譬如木材的选择、制琴的工艺、调音的水准……就拿木材来说好了，木材的好坏就取决于很多方面，木材的品种、木材的年限、木材的风化程度……手工作坊的风干房通常没有大工厂的风干房先进，但若是说制琴工艺，制琴大师自然有比较多的经验，大公司嘛，则可以汇聚更多的专才成立专业细分的研发部，工业化生产会减少手工生产过程中的不稳定性，提高琴的标准化程度。所以那么应该从哪个方面来衡量琴的好坏呢？不能简单说琴有越多的独特性就代表越好，这个独特性怎样和好坏挂钩？是不是还得涉及具体的演奏类型和演奏风格？琴的好坏和演奏的好坏怎样相联系？更进一步去想的话，究竟什么是好什么是坏？这个指标太简单粗暴了。到底应当怎样界定标准？有哪些参考值？究竟有一个好的精确的标准吗？有区间吗？边界在哪儿？李想到这里就打住了。何必要自己造轮子？直接去检索一下现在乐器的生产模式，最顶尖的公司在使用什么标准就好了嘛。他又想到，进入大学以后以这个方向的人工智能应用进行学习似乎也不错，唯一的问题就是这个领域还剩下多少不确定的东西？没有了吧，大概几十年前就没有了吧。更关键的是，现在还需要乐器吗？还有什么音乐是不能进行数字模拟的？李想到这里就觉得自己之前的想法真是可笑。于是李停止思考。

李有了一个结论。

李说："在没有机器的时代，所有的制作工艺都是手工的，不过，现在的机器当然已经先进到可以复制出手工时代最高水准的琴……"

"是吗？"司机问。

"是。"李说。

"和手工的一样好？"

"甚至更好。"

司机有些失神，可能是因为李的结论确认了他儿子买的那把琴是真不值，也可能是因为没有说服李而觉得沮丧，于是他打开了车载音响，让音乐冲掉这一刻的尴尬。

于是李觉得幸福，为了赋予这终于得到的沉默以合法性他重新低头看那本书。

然后她说　/n/
就是不动
有人唤她

像水滴在蜡上
她在蜡里

被蜡封住的湖
湖底轻轻晃动

而不动
的果冻

她的被动
在音槽里
结成冰　/z/

“我说，你平时听歌吗？”司机又问（Smile again）

“偶尔听。”其实他不听。那才是他为什么很快结束有关琴和音乐的思考的真相。

“都听什么？”

“什么都听一点。”因为他一个名词都给不出来。

“你是什么时候离开的来着？”

“十年前。”其实他三年前回来过。五年前也回来过。在那之前每年都回来。

“那你恐怕是没听过这个。”司机说的是车里正在放的歌。

李觉得那旋律挺熟，通过他粗浅的判断，他认为那是一首流行音乐，很多年前的曲风。Old School。

“这是我上学那会儿最流行的歌手。你要是十年前走的，我算算，你估计是没听过。我儿子都不听，嫌土。我也不晓得他现在玩的是什么。听不懂。跟不上他们。”

“我觉得有点耳熟。”李说（That is true）。

“这歌手几年前死了。”司机说（Holding his smile）。

（Beat）

如果有人在她的胸脯或耳后

用力呵暖

她就会解冻
掉落

像一枚松果
我们就听到　/g/

（Beat）

先是被吹动的那层汗毛
有点缩紧
然后热起来
肿胀
而弯曲

而极想被打开被
穿透
那被动

无限稠密而可以
收缩
用最少的呼吸
她说　/ ʃ /

(Repeat)

“你看的那是什么？”司机问。

“呃，我想是一本诗集。”李说。

“一本什么？”司机没听清（Yes, he heard it but didn't get it）。

“诗集。诗歌。”李说。

“哦——，好像听过这个词。”司机说（No，he is pretending it）。

李在机舱里像模像样地翻了半个钟头，又吃了一顿正餐，再次拿起来，确信他从头至尾平均地翻完了足以代表全部内容的书页，才找到一个合适的时机——在那老头打盹醒来的时刻——递还过去。“不用，送你了。”老头非常自然地拒绝，然后准备起身去厕所。李不知所措，想要推辞这番交浅言深的盛意，老头只好把头扭过来，认真地说，这是他们国家最好的诗人的作品，但是鉴于他的国家已经消失，这书对他来说只是徒增伤感罢了。于是李把它放进包里，并说：“谢谢。”

“诗集，诗集啊。”司机挑起眉毛，“应该很贵吧。”

“是吗？”李说。

“机场买的？”司机问。

“不是。是我自己的。”李说。

“哦——，那我倒是错看你了。你们那已经没有这些了吧。”

“倒也不是，也有，只是确实不需要了。”

“其实我们这儿也不鼓励生产了。没人看。”司机说，“要不怎么卖那么贵呢？都是卖给冤大头的。有钱人，搞收藏的。那些人不管有没有用，啥玩意儿少他们就收。他们懂什么呀……嗐，都是给这打仗给弄的，谁知道事情搞成这样呢。这么多年。”

李看着窗外。

李说：“到了。”

司机说：“什么？”

李指了指外面，说：“到地方了。”

司机这才想起来踩刹车。

李收拾好东西，也就是把那本书放进包里，然后拉开车门准备下车。

司机突然叫住他，打开副驾驶前面的车厢，掏出一本书，问李：“我这儿也有一本，是本故事书，应该是，我也没怎么翻过，我儿子的。已经绝版了。你要么？你要我便宜点给你。”

李半个身子探在车外，半个身子留在车里。他看了一眼那本书，面无表情，然后飞快地抬头，说：“不用了，谢谢。”

司机说：“不坑你。”

李说：“真不用。”

司机说：“那行吧。”

李犹豫了一下，又说：“不过您能不能在这里等我一下。”

司机说：“什么？”

李说：“我去一下就回来。很快。我今天就回美国，晚上的班机。您要是没有别的活儿就等我一下，很快。”

司机想了想，说：“好。我等你。”

李掏出那本书，留在后座上。

李说：“这就当押金了。”

（Beat）

不转头
亦不张望

想降低
再继续降低

司机说：“客气。”

* * *

李认为会在葬礼上遇到许多老熟人。

他已经做好了这样的准备：

从陆续往大门中走进的人群中目不斜视地穿入，那些稍晚到的年轻人一定不会认出他的样子，所以他可以放心松弛地走过这段路。如果有人向他投去几许目光，多半也会认为他和他们一样，是最不重要——从另一个意义上来说也是最重要的那些人。假如他们投来那样陌生的目光，并且被他敏锐万分地捕捉到，他将礼貌地回视，稍许点头致意，确认他们某种时空意义上的亲密。

等走过那段两边是树林的路，殡葬馆门口应当聚集了一些等待起灵仪式的人，一些人在旁边抽烟，一些人三三两两站在一起以一种并不密集的语词置换分散态体现他们的共同联系，或许有人会控制不住地发出哀恸——他心中有那么一两个人选但并不确定，绝大多数人会保持沉默，仅在一开始交换一次眼神。他的出现或许会引起那么几个人的注意，他不确定他们是否会认出他，毕竟他长得很快，而男孩子在这样速度的成长中面貌总会发生极大的变化。他们应当很多年没见过他了，或许最终会通过某种相貌上的联系想起他是谁。他不确定所以在这里要调动一下主观能动性，兵来将挡水来土掩。他大致有一个把握，事情不会超出他能动性的范围。所以就还好。

然后是最难处理的部分。也就是不得不面对的那几个主要负责整个葬礼流程的人，他们主要做了如下一些工作：

1．伤心。

2．挑选殡仪馆（一共只有三个选择）。

3．选择灵车（包括遗体灵车、护灵车队，选择凯迪拉克、奔驰、宝马还是特斯拉）。

4．安排遗体寄存（第一步冷藏，第二步预约火化时间，第三步选择告别厅，第四步安排火化炉）。

5．在家中设置灵堂（挑选灵堂挽纱、遗像、长明灯、香炉、香、供品，鉴于死者的房子可不小这一步得好好忙活，没事他们对那房子熟）。

6．选择殡葬用品（骨灰盒、孝服、黑纱、鲜花、花圈，以及殡仪师，必须要单独把殡仪师从并列态中拿出来，因为殡仪师不是用品，殡仪师是人，会哭会笑也有灵魂和问题意识，殡仪师需要获得尊重）。

7．发讣告（他们最擅长就是这个，之前不管干什么消息都是从他们那儿发出的，派对啦舞会啦发布会啦庆生会啦骂街啦打架啦，唯一的问题就是这次得统一一下修辞风格）。

8. 等待出殡（也就是等待现在即将到来的这一刻，大概还有十分钟）。

出于严谨的考虑，李也不好说这个他们究竟是谁们：首先肯定有 A，跟死者从小一块儿长大的 A，文化程度不高，接受过基本高等教育但是不爱学习，年轻的时候一门心思想当艺术家，有一些禀赋但是生活实在太草率，同时最大的优点也是不正经，但是也有其敏感脆弱的一面，一般不对外人展示，但是在关键时刻——比如现在——又比如死者每回发布新作品的时候——比如死者毫无顾虑地施展道德底线的时候——又比如死者心碎的时候（当然这是一个假设，李认为应当没有）——总会恰到好处地在场。其次应当有 Y，死者生前最好的朋友 Y，永远热情，时而光芒万丈，充满好奇心爱好一切未知世界，和艺术毫无关系，也就是说是个真正的聪明人，擅于经营一切运用智慧足可以胜任的工作，也就是说是个成功的生活家，表面上善良温顺，实际上极有主见，但又罕见的大方真诚而不流于精明，也就是说是所有人值得信任的朋友——就是她给李打的电话告知他死者的死讯，并说服他来参加这场葬礼。接下来理当有 L，一位平均年长死者和其余这些人十来岁的普通人 L，从事一份极为普通的工作，对任何事都说不上有什么天赋，也就是说对什么东西都是浅尝辄止，性格讲究，尤其是对他人挑剔，因此一直没能找到什么良伴佳侣，李不太能够理解 L 为什么会是死者的朋友，他将这份友谊归结于时间。此外很可能会有 D——假如 D 还活着的话，一位实际上已经被死者抛弃了的朋友 D，抛弃 D 的理由李认为正好反映了死者存在的某些根本局限性，这么说有点太周至了，不如就说是死者身上那些让人厌恶的又隐藏极深的缺陷，譬如说自私，譬如说势利，譬如说虚荣，譬如说傲慢，譬如说虚伪，譬如说导致了在所有那些会来参加这场葬礼的人眼中成为完全的另一种人格的光环——这最关键的灵光，在李的眼中一钱不值，这天赐的荣耀，在李的心中完全就是被过度渲染的修饰品，死者就是因为 D 身上一开始具有后来又丧失的同样的东西而抛弃了这位朋友，然而李不好判定说 D 有没有同等地抛弃死者，因为每年死者的生日那天，总会接到 D 身边的女伴打来的电话，祝死者生日快乐，这是因为 D 的电子日历总会在这一天跳出这个提醒，不管他当时在和谁交往，对方总会出于善意的考虑替 D 打这么一通电话——倒不是 D 不愿意自己打，而是他当时多半嗑药嗑傻了——想到这李恍然大悟，D 与其说是死者的朋友，不如说是死者的警钟。其他还会有谁李就不知道了，他倾向于认为会有如上几位的原因是，他认为他们都不了解死者。不够了解。了解得还不够深入。抑或是他们了解但是宽容了死者。因为本质上他们和死者没有利益关系。要么就是他们根本上也是同样的人，选择性附议那层灵光而丢弃了三纲五常。想完所有这些李得出了一个结论，一个他从前没有能力思考此刻却无比清晰的结论：事实上不是他们选择死者作为朋友，而是被死者精心选择成了朋友。否则的话，又有谁能够和死者那样的人保持这么久的友谊而不对人性感到绝望呢？

实际上如何面对这些人对李来说都不重要。

李认为这最后一次回国要面对的最艰难的问题是如何面对这些他以前认识的人：八岁之前他被A讲的笑话逗乐过无数次；出生到上小学之前的衣服玩具都是Y买的；L经常带他去公园散步跟他讲《中华附会学》和《世界冷兵器大全》；D在他七岁的时候就送了他一套万国博览会邮票，认为这是给孩子步入社会的成年礼——通过邮寄的方式。

李认为错了，实际上这并不是什么大问题。这些都不是问题。

真正重要的是李如何面对我的问题。

这对李来说会是一个问题，主要是因为我不爱他。

他认为我不爱他主要体现在三件事情上：

第一，他四岁的时候养的小狗死了，他还不太明白那是什么意思，于是没有什么反应。我问他，李，你最爱的撸撸死了你怎么一点儿不难过呢？他看着我犹豫了一会儿，然后哇的一声哭了出来。于是我说，李，不要流鳄鱼的眼泪。恰逢他刚刚读过那篇童话，知道什么叫鳄鱼的眼泪。于是他适时地停止了哭泣。

第二，他六岁的时候知道了我的生日。因为那年Y给他举办了一个生日派对——其实就是买了一个蛋糕，又送了他最想要的玩具，那是他第一次过生日，因此明白了生日的意思，知道生日要吃蛋糕，送礼物。于是他想办法打听到了我的生日——我猜是从A那里，然后在我生日当天送了我一个礼物，也就是一支钢笔。他买不起蛋糕。他把那支笔递给我并说生日快乐的时候我说，谢谢。我又说，不过我不需要钢笔。我又说，还有你以后不要再送我生日礼物了好不好？我说，你送我礼物是不是觉得这样就会让我在你生日的时候也送你礼物？他没反应过来，但是记住了原来送人礼物还可以有这种功能。

第三，他上小学的时候发现自己原来是一个明星。所有的同学都认识他，但他们他一个都不认识。他们对他了若指掌，知道他去过很多新奇的地方探险，解决过许多棘手的事件，帮助过许多可怜人，勇敢过人，聪慧机智，善良正义，有许多朋友，每天都过着快乐的生活。平均每半年到一年不等世界上都会发生一个重大危机事件需要他去解决，每一次他都义不容辞地告别了小伙伴们，决定上路。尽管路上有许多坎坷，但他总能够凭借自己的勇气和信心战胜它们。尽管路上会出现一个又一个谜题，但他总能够运用自己的知识和智慧解决它们。在路的终点，他终于站在了最坏的那个坏人面前——他力气尽失，丢盔卸甲，就快输了，但这一刻他这一路上无意间收获的友谊总会突然神迹般降临，帮助他击败坏人，让对方从心底臣服。对了，他还有一条不离不弃的神勇小搭档叫作撸撸。

这就是他们知道的有关他的故事。

在这些有关他的冒险故事里，虽然从未出现过他的父母，但他们觉得他想必有一双非常爱他的父母，赐予他之所以能够成为他的东西。

于是当他出现在学校的时候，整个学校的孩子都惊呆了，他们激动地簇拥上来，围着他，问他各式各样的问题。但他们他一个都不认识。围在他身边最近的那一圈是最低年级的小朋友，因此没有意识到那个最大的破绽，有关他的故事都已经出到第五本书了，按道理他应该不止这么点大，那些意识到这个破绽的可能性的高年级学生就相对冷静地站在了比较外围的地方，半是好奇半是羡慕地打量他。但他们他一个都不认识。他们问，你真的去过波罗的海吗？他摇摇头，他都没听过这个饶舌的名字，菠萝的海，难道是一个长满了菠萝的大海？那他肯定没去过，他最讨厌吃菠萝了。他们问，你是怎么从《赤壁赋》里发现了那个黄金宝藏的秘密？他说我不知道，他母亲从没教过他《赤壁赋》，他只知道飞雪连天射白鹿，笑书神侠倚碧鸳。他们问，你是怎么想出用拉小提琴的办法让石门旋转的呀？他呆了一下问什么是小提琴？他玩过玩具钢琴，玩过木鱼琴，还在L家里见到过一把老旧的贝斯，就是没玩过玩具小提琴。那些围着他的小朋友陆续露出了失望的眼神，但仍然有人在继续追问。但他们他一个都不认识。他们于是问，那你的那把宝剑呢？他说什么宝剑？他们说就是你在飞狐峪拔出的那把宝剑呀，上古宝剑。他说上古宝剑？他努力回忆L跟他讲过的那些冷兵器，古埃及镰状剑、阿兹特克黑曜石锯剑、印度拳刃……他记得那些名字可是他一件也没有。于是他说我没有宝剑。他们于是问，那你的那张魔毯呢？他说什么魔毯？他们说就是你坐着穿越撒哈拉沙漠的魔毯呀！他说魔毯怎么穿越沙漠啊？他们说因为那魔毯会飞呀！他说会飞？会飞的魔毯？他闻所未闻。于是他说我没有魔毯。他们于是问，那你的撸撸呢？他们问到这他愣住了。我的撸撸呢？他想了想说，它死了。他们不相信似的说，撸撸没有死。他说，不它死了，很久以前就死了。于是他们中的一个拿出了一本书，最新的那本，他们翻到那一页，指着那一页说，你看，撸撸不是还活着吗？

于是李发现了这个秘密。原来在所有这些他不认识他们他们却对他那么熟悉的孩子们心中，有另外一个他，在过着另外一种和他过着的完全不一样的生活。他的生活里什么都没有，只有一个大房子，但是不怎么有人打扫，也不怎么有人来；有一条狗，不过只陪了他四年，那之后他母亲就不准他再养别的动物了，因为她告诉他动物有自己的生命，不应当被人豢养；有一些玩具，大多是Y给他买的，他母亲几乎没有给他买过任何他想要的东西，倒是给了他一些他不想要的；有几位大朋友，可他们本质上是他母亲的朋友，不是他的，他们之间的对话他都似懂非懂；有许多书，无穷无尽的书，每一个房间都有，那也成了他最憎恶的东西，因为他母亲总是把他一个人扔在那里，让他自己去看书，想看什么都有，但是他母亲不会陪他一起看，她说你必须通过自己掌握这些知识，但他认为这只是一个借口，因为她总是在忙，他不知道她在忙什么，除了偶尔消失一段时间她每天都在那里，在那唯一的房间，房间里唯一的桌子前，她每天都在，只是没有在陪他。现在他知道她在忙什么了。她在忙着制造这场精心的骗局。她在忙着筹办这一年又一年盛大的庆典，以他为名义而他却是唯一那个缺席的存在的生日派对。她替他收下了所有原本送给他的生日礼物，一件都没有分给他。

因此他感到难过。

撸撸死的时候他没觉得特别难过，发现撸撸仍然活着的时候他难过了。他几乎是号啕大哭地离开了所有那些他不认识的孩子的簇拥，他的老师牵着他的手去找A，让他先把孩子带回家时，他在哭的间隙指出了老师的一个小小的纰漏，那不是他爸爸。A不好意思地说因为他母亲没空送他上学，我就帮她送一次，这往后不是都有校车嘛。有关他父亲的缺席我早就告诉他这是成人之间复杂的事情，而我不能送你上学是因为我没法出现在学校，而且你总要学会自己一个人上学的。谁也不知道消息是怎样泄露的，他本该不会被任何孩子认出。我说，这只是一个技术性失误。

因此他认为我不爱他。他认为我不爱他，当他如此难过的时候，我一点儿也不难过。他确认我不爱他，当他泪水涟涟地站在我面前，我说这只是一个失误，以后不会了。

如果仅仅凭这些事他就认为我不爱他，那我觉得他这么想没错。他这么想对极了。我确实是不爱他。假如他认为我不爱他，那么我决定我就不爱他。

当我们俩达成这样一种共识之后，事情反倒轻松了起来。他有了一个结论，他认为世界上并不存在爱这样一种东西。因为我和他说过——那是在很久很久以前一个电闪雷鸣的晚上，天很黑很黑，他被雷声惊醒了，他害怕极了，于是跑到我的房间，他知道我还在工作。他说妈妈我很害怕。我问你怕什么？他说我怕鬼，我怕怪物，我还怕坏人。他说我也不知道我害怕什么。我说你觉得世界上有鬼吗？他说我不知道。我说这世上的东西假如你相信有，那么就有，你不相信有，那就没有，你相信有鬼吗？他想了想说我不相信。他又说，那如果我怕黑呢？我说，那你心中有光明吗？他说我不知道。我说，我认为你有。他说你怎么知道？我说，因为我相信你有。

于是李认为世界上并没有爱这样一种东西，因为他不相信有。

带着这样的结论他换了好几所学校。但无论掩藏得怎样好，每一次他都会慢慢地被其他孩子认出来，他就是他们每天看的那套故事书的主人公。他就是那个了不起的男孩。他必须一次又一次地接受他们的盘问，也就是说接受他们的失望：他哪里也没有去过，什么都不知道，一个朋友也没有。没有宝剑，没有魔毯，没有撸撸。

他甚至都没有看过那些故事书，有关故事中的他是一个怎样的人，他都是在这样的盘问中一点一点拼凑出来的。他确实看过很多书，因为陪他长大的只有书，在那样的一无所有中他不得不开始学着自己看书，书中说的那些东西，有一些他明白，有一些不明白。但是，通过那些书，他交到了不少从未谋面的朋友。通过那些书，他还相信了世间存在的许多东西。通过那些是别人写的而不是我写的书，他隐隐积聚起了某种希望，他希望有一天他可以被证明自己是错的，他希望有那么一刻神迹般降临，令他相信自己可以成为另外一个人，那个人就像那些他不认识的人认识的他那样，拥有许多他还未曾拥有的东西，相信更多他尚未相信的真理。

有一天，又是一个雨天。他翻到一本诗集，他还不太懂得什么叫诗，只是被第一句的那个字眼迷住了，那首诗是这样的：

我有神剑异人与，暗中往往精灵语。
识者知从东海来，来时一夜因风雨。

他实在想搞清楚这首诗是什么意思，于是鼓起勇气拿着那本诗集来找我。我说，李，你来得正好，我有一个礼物要送给你。他有些吃惊，他说今天不是我生日。

我说我知道，这不是生日礼物。他的心脏怦怦直跳。他心想，难道这就是那一刻。他小心翼翼地问，是宝剑吗？我说比宝剑还要好。于是他紧张地坐下来，看着我把那个纸箱子打开。那是一台电脑。他面无表情。我说，你有了这个，就能知道一切你不知道的东西了。他面无表情。我说你得抓紧学会怎么用它。他面无表情地说为什么？我说，因为战争已经开始了。他问什么战争？我说你很快就会知道了。

他看了一眼那台电脑，又看了看手中的诗集。他翻开到那一页，说，那你能告诉我这首诗在讲什么吗？

我说，你打开电脑去检索就知道了。

他说，我不想要电脑。

他说，我想要宝剑，我想要魔毯，我想要撸撸。

他说，为什么你从来不给我我想要的东西？为什么只有我什么也没有？

我说，你这么想对其他孩子是不公平的。他们也没有宝剑。你想要的那些他们也都没有。

他说，可是他们有你！你让他们相信有宝剑，所以他们就有。

窗外的雨停了。

于是我说，好吧。

我站起来坐到他身边，把那本诗集拿过来。

我说，你想知道这首诗是什么意思，就得先知道写这首诗的人是谁。

他说，他是谁？

我说，他是唐代的一位诗人，这位诗人很厉害，曾经是太学博士。

他说，就像数学博士那样的博士？

我说，不太一样，比那个更厉害。后来他遭逢战乱，和他的弟弟一起隐居在庐山的香炉峰下。这首诗就是他写给他弟弟的。

他说，隐居是什么意思？

我说，就像我们现在住在这里一样。

他说，这首诗是不是说，他有一把宝剑？

我说，是，又不完全是，这首诗讲的是他把这把宝剑送给了他弟弟。

他说，他为什么要送给他弟弟？啊，一定是因为这把剑非常好。

我说，是，也不完全是。

他说，那么就是因为他是个非常大方的人。

我说，是，也不完全是。

他说，那么这首诗到底在讲什么呢？

我说，表面上看，这首诗就是在讲他送剑给他弟弟的事。

他说，实际上呢？

我说，实际上，这就不好说了。一是我现在告诉你，你或许也不明白。二是他想说什么，我或许也不确定。

烽火已经点燃，号角重新吹响。

他说，为什么他不直接说他想说的话呢？

我说，有些人不能直接讲出他想说的话，只能换一种方式讲。他写出来的东西，也许并不是他真正想说的。他没有写的东西，可能才是他真正想说的。

他说，那他写的东西和他想说的东西区别在哪儿呢？

我说，他写出来的东西只是文字，他想说的东西则是他的思想。

时钟的指针开始加速倒着旋转。

他说，那别人怎么知道他究竟想说什么呢？

我说，足够勇敢的人就能知道。

他说，为什么是足够勇敢而不是足够聪明？

我说，因为聪明的人很多，勇敢的人却是极少。聪明的人也许能够明白，却不敢明白。勇敢的人一旦明白了，就能够……

他说，就能够怎么样？

我说，就能够拔出宝剑，飞来魔毯，死去的人会复活，活着的人会举手投降。

他说，那我怎样才能变得足够勇敢呢？

我说，很快你就可以了。

他说，很快是什么时候？

我说，很快就是一眨眼。

李眨了眨眼睛。

然后他发现自己到了美国。

他的喉咙里还卡着那句，现在我足够勇敢了吗？

他的心里还藏着一句，妈妈，你送了我一个礼物，我需要也送你一个礼物吗？

是的，李全都想错了。包括这场葬礼。

当他走进那片墓地，发现一路上几乎都没有什么人的时候，就应当意识到不对。他以为自己是来得太早，于是继续向前走，穿过了那片两边是树林的路，走到了殡仪馆的门口，那里仍是空空荡荡。没有花圈，没有悲恸，没有和他差不多大的他不认识的年轻人，也没有一个他认识的人。什么都没有。没有一场他想象中的盛大的葬礼让他面对，就像他第一次上学在学校遇到的那种局面让他无数次逃离，他花费了这么多年积攒的勇气顷刻间化为乌有。不仅没有宝剑，没有魔毯，没有他心爱的小狗，也没有坏人。这就是他的人生。

不，他换了一种思路。

这就是我的人生。

他认为这就是我的结局。看到是这样一种结局反倒让他难受了起来。如果有一场像生日派对那样的葬礼他会感到幸福，他会拿出他学到的全部知识摆在我面前让我知道，这场战争的输赢已定，世界上很快就不再需要人工编造的故事了，人们将读到那些机器生产的故事，更加精彩、更加惊心动魄，也更加感人肺腑。那些故事里什么都有，黄金宝藏，名剑良马。他会用他在葬礼上精心准备的冷酷来缔守世上没有爱这样一种东西的约定。可是提前看到这场战争的结局竟然让他难受了，这不是战争的结局——战争尚未结束，这是我的结局，我已经不战而败了。

李在殡葬馆门口徘徊了十分钟，然后决定往回走。

一位守墓人叫住了他。

他说："你也是来看望那个作家的？"

李问："哪个作家？"

他说："就是写童话故事的那个。"

李说："对。我是来参加她的葬礼的。"

他说："那你搞错日子了。葬礼是昨天举行的。"

李明白了，这是一场时空误会。他忘了算时差。这是一个技术性失误。他不是来得太早，而是来得太晚了。他心想，这只是一个失误，以后不会了。

李说："我明白了。谢谢。"

他继续往回走，走了两步，又转过身来问："那场葬礼怎么样？”

守墓人说：“我不知道，昨天不是我值班。”他又说，“不过我知道她，我孙女很喜欢她写的故事。后来她不写了，我孙女可失望了。你知道她为什么不写了吗？我听说是她不能写了。”

李说：“也许不是不能，是她不想再写了。”

守墓人说：“为什么？”

李说：“因为那可能不是她真正想写的故事。”

守墓人想了想，说：“不，我觉得那就是她真正想写的故事。如果不想写，她为什么要写呢？”

李被问住了。

李说：“那可能是我搞错了吧。”

守墓人问：“你和她很熟？”

李犹豫了一下，说：“她是我母亲。”

守墓人不相信似的重新打量他，然后说：“她真是你母亲？你母亲死了，你怎么一点儿都不难过呢？”

李想了想，说：“因为我不会流鳄鱼的眼泪。”

* * *

李重新回到出租车上。

“完事了？”司机问（A familiar smile）。

“完事了。”李说。

“机场？”司机问。

“是。”李说。

于是司机发动车子，沿着来时的公路往回开。

李盯着那块“微笑服务”的布帘，然后才感觉到自己坐在了什么东西上。他把那东西从屁股底下抽出来，是那本诗集。于是他把诗集重新翻开，翻开到第一页，这次他想好好读一下。

“我也翻了一下。”司机说。

“什么？”李没听清（Actually he heard it but was unconvinced）。

“那本书。”司机说，“但是没看明白。”

“是不太好懂。”李说。

“太无聊了我就翻了一下，幸好你回来得早。”司机说。

“我说了很快。”李说。

司机从后视镜里看了他一眼，揣测他究竟去干吗了。

李低着头，认真地看那本书。

司机于是打开了音响，这次换了一首曲子。

“这首歌你听过吗？”司机问。

“没有。”李说（This is true）。

“这个乐队比之前那个更早。不过那个歌手从这个乐队身上学到了很多。”司机突然来了兴致，“你听这段吉他，这段吉他叫蛙音 Riff。”

李放下书，认真地听了一下。

司机切换了一下音响，调出另一首歌，歌的开头是一段 Rap。

（Beat）

岩烧店的烟味弥漫　隔壁是国术馆
店里面的妈妈桑　茶道　有三段

“你听。仔细听。”司机说。

（Beat）

教拳脚武术的老板　练铁砂掌　耍杨家枪
硬底子功夫最擅长　还会金钟罩铁布衫

“我没听清他在唱什么。”李说（He is honesty）。

“你不用听他在唱什么。你听这段吉他。”司机说（His smile disappears with a serious look）。

李认真听。

（Beat）

他们儿子我习惯　从小就耳濡目染

什么刀枪跟棍棒　我都耍得有模有样

“你听到了什么？”司机说（Very serious）。

“蛙音 Riff？”李不确定（Cautiously）。

“嘿，孺子可教。”司机说（Smile re-emerges），“这种弹奏方式很早就有，不过到了新金属时期才广为人知。刚刚那乐队用了挺多，那都是上世纪九十年代了。然后呢，这哥们，在二〇〇〇年的时候就学会用了。牛逼吗？二〇〇〇年，那是什么时候？”

“那时候我都没出生。”李说。

“离你出生还有一大截呢。”司机说。

李想了想——他也不知道自己为什么要说这个，他说：“你知道吗？”

“你说。”司机说。

“我们已经是最后一代人类了。”李说。

“什么？”司机问（Cauz he didn’t get it）。

“已经不可能有比我们发展得更好的人类了。我想不出人类还可以怎样发展。”李说。

“你确定？”司机问。

“很快机器就会替代我们做一切事情。”李说。

“也包括音乐？”司机问。

“也包括。我想应该是。”李说（Who actually feels sad）。

司机陷入了沉默。于是他们一起听那首非常 Old School 的歌。那首歌让李想象出一个他尚未存在的黄金时代。

（Beat）

什么兵器最喜欢　双节棍柔中带刚
想要去河南嵩山　学少林跟武当

他们一直听到那首歌结束。然后音响自动播放了下一首曲子。那是一首更古老的曲子。

“之前我跟你举的那个例子不对。”司机突然又说。

“什么例子？”李说。

“就是你说那个什么机器和人……我说我儿子买了一把吉他……”司机说，“我不应该说吉他。我应该就跟你说说音乐。”

“怎么说？”李说（Who is really curious now）。

“你听这首曲子。这叫 *Minor Swing*，是一百多年前一玩爵士的哥们写的。后来这首曲子成了爵士乐标准曲之一。我们先来把它听完。”司机说。

于是他们一起听完了这首曲子。

然后司机换了一首，和上一首几乎是一样的曲子。

“你听到了什么？”司机问。

“和刚才的一样。”李说，然后又说，“又有些不一样。”

“这是另一个乐手弹的。你听到的不一样的部分是他的即兴。”司机说。

于是他们一起听完了这首曲子。

然后司机又换了一首，仍然是 *Minor Swing*。

“这又是一个乐手。”李说（Who is really smart if he wants to be）。

“聪明。我跟你说啊，吉卜赛爵士乐手中，刚刚我们听的那哥们是最全，这位是最快，接下来我们要听的那位是最有味。”司机一边说，一边娴熟地绕开拥堵路段。

他们安静地听那首欢快的曲子。

“所以你明白了吗？”在那首曲子减弱的时候司机说（A friendly smile emerges）。

“有一点明白，但不完全明白。”李说（But he's gonna get it soon）。

“同样的标准曲，每个人弹都不一样。甚至每一次演奏都不一样，有时候甚至就是弹错了。这弹错的地方都属于即兴的一部分。”司机说，然后从后视镜看着李，

“你明白了吗？”

“我好像明白了。”李说（He’s gonna understand）。

“重要的不是用什么吉他，关键得谁来弹。”司机说。

“我明白了。”李说（Yes he got it）。

“我这辈子只出过一次国，澳大利亚。十好几年前了，那会儿我儿子都没有呢。我想去看场演奏会，一吉他手的。那个时代最牛逼的吉他手。”司机说。

“后来呢？”李问。

“没看成，我去的路上战争开始了，演奏会取消了。”司机说。

“那可真遗憾。”李说。

“是啊。”司机说，“他的唱片我都有，可它们都不能替代那场演奏会。那怎么能一样呢？每场都不一样啊。”

于是李开始思考，这不一样的部分究竟是什么呢？这不一样的部分可以被机器取代吗？机器可以写出它想写的东西，但它能写出它不想写的东西吗？机器可以写出永远正确的东西，但它能够写出错误的部分吗？他就快抵达那个终点了。机器有思想吗？思想可以被规训吗？机器可以获得自由吗（Will we be free）？

李无法得出一个结论。李仍然在思考。

"到了。"司机说。

"什么？"李问。

司机看了一眼窗外："到机场了。"

于是李收拾好东西，也就是把那本诗集放进包里。

李说："谢谢。"

司机说："客气。"

李从车上下来。他看了看表，距离晚班飞机还有挺久。

司机已经发动了汽车。

李想了想，又俯下身敲了敲车窗。

司机摇下车窗，问："怎么？"

"我想在车上再待一会儿。您能让我把之前那首歌听完吗？"李说，"假如您没有别的活儿的话。"

司机笑了。

"上来吧。你想听多久都可以。"

2018年9月12日

到灯塔去

3，5，8，10。

3、5、8、10。

3！ 5！ 8！ 10！

电视屏幕上那个新闻女主播的嘴巴从○成了一，又从口变成了四，像一张不断变形的轮盘赌，最终锁定成了一个日的形状。

3号。3号。3号。叼，又是3号。

早上7点30分。Benson和外祖母Tis坐在客厅21寸的电视机前收看早间新闻，前一天电视台通知翌日将有台风席卷澳门，现在，他需要确认究竟挂几号风球——这将决定他今天是否要开工。对他和外祖母来说，这更像是一个他们两人之间的游戏，赌博游戏。赌注通常是隔壁六记粥面的水蟹粥，或是路环最老的那家安德鲁饼店的蛋挞，不过，他祖母最喜欢的还是他做的 Kare-Kare，一种用牛尾、牛肚加上大量的蔬菜一起炖，配上磨碎的烤花生、洋葱和大蒜做调料的菲律宾菜。这会让她想起在萨马岛她和母亲一起去教堂做礼拜的日子。

这只是 Benson 的推测，大部分时候，他并不知道 Tis 在想什么。他只知道外祖母出生于菲律宾的萨马岛，成年后，随着外迁的大潮一起离开了那座岛，然后来到了另一座岛。由于他的母亲，也就是 Tis 的女儿，在一九八九年澳门政府那场针对黑户的大赦时未能答对申领身份证表格上的题目，她只能随同她的非法律意义上的丈夫，也就是 Benson 的父亲，一位从广东潮州偷渡过来的商人，一起再度去往大陆。此后再未返回。

Benson 今年三十岁，外祖母七十九岁。两人住在澳门半岛的巴素打尔古街门脸冲南的临街民居里，除客厅外原本只有一间主屋，Benson 长大后隔成了两间，供祖孙分别居住。客厅墙上挂着一块柳桉木的基督受难像，此外再无多余的装饰。

那道 Benson 的母亲没有答出的题目是：大三巴牌坊前的石阶有多少级。从此 Benson 牢牢地记住了那个葡萄牙政府专门用来刁难非我族类的数字，68，反倒将他母亲和父亲的脸一并忘了。

“据气象台预测，台风天鸽将于今日午时抵达澳门，从黑沙方向登陆……”

不用听下去了，在女主播说出“3 号”之后。3 号就意味着一切照常运转，除了给出行带来些许不便，顺便吓吓其他纬度来的赌客外，台风不会造成任何影响。学校、餐厅、赌场和澳门塔，都将继续开放。每一年这个由两座半岛接壤起来的地带都会经受至少一场台风的考验，人们对此习以为常。

7 点 31 分。Benson 从沙发上站起来，走去厨房洗漱，准备出门上班。再次回到客厅时，Tis 仍坐在那张旧沙发上，眼珠一转不转地盯着电视，像是在寻找一张荷官可能发错的扑克。那一块凹陷的位置被她滴水穿石般地雕刻成了一枚火山坑。

“咪再睇啦婆婆，你又赢啦。”Benson 说，“不过我同你讲哦，今日边度都唔好去，记住冇。”

Tis 嘴里发出含糊的声音。可能在说，什么样的台风我没见过？也可能只是一种惯性的回应，表示对 Benson 的敷衍式的尊重。

Benson 套上 T 恤，弯下腰来，蹲在外祖母和电视之间，强行阻断她的视线令其切到自己脸上，像往常一样做出门前例行的叮嘱：“跟我赌，你才会赢。一出门，就会输嘅。”

Tis 的视线像断线的水珠一样哗哗地在 Benson 脸

上开花，就是不聚焦在他的瞳孔上。Benson很熟悉她这副模样。十五年前，Tis彻底结束了她长达三十九年的菲佣生涯，正式成为一名丧失劳动力的普通居民，每月领两千块的非永久性居民救济金。她当时的雇主周太领着她怒气冲冲地上门，捏住她右手的手腕高举起来，大喊“人赃俱获”时，她脸上就是这副神情。当时的情境Benson已经有些模糊了，但外祖母脸上的神情就像那个数字68一样刻在了他的脑海里。后来他在接受采访时将此事略去不提，是因为他事后回想发现，自己也不能肯定外祖母的清白。那时Benson十五岁，他能做的只是把外祖母右手紧紧攥着的那串佛珠扯下来，交还到周太手上，连声抱歉:“对唔住，她糊涂了。”

周太不接，翻来覆去地说:“你点可以咁对我，你喺我家十几年，我对你边度唔好了？”周太说话时，衣服上镶着银丝的碎缨颤动，像在跳弗拉门戈。六记粥面的老板六记明当时仍是每天要亲自打点店里的伙厨，他对这一幕至今印象深刻，能够一字不差地复述出两人的对话。

“真系对唔住。以后唔会了。”Benson将外祖母牵回屋内，拉上铁栅门之后，周太仍然砰砰锤门:“喂！你讲话啊。”

Benson只好将那串佛珠从铁栅门中间递过来，冷冷地说：“她不会讲话。从嚟都唔会讲话。你唔知咩？”

周太当时似乎是头一次意识到Tis在她家做菲佣这么多年，确实是从来没有讲过话。但怒气让她无暇检验这个事实的真假。“你呃边个呢！佢就系喺度装傻，佢精明着呢。你个菲律宾猪猡。学乜唔好，学人家去赌！”

“呢个唔系佢偷嘅，佢唔会用右手偷，她的右手是用来下注的。”Benson说完，蹲下将那串佛珠放在门外，然后把里面那道木门关上。

无论Tis究竟有没有偷那串佛珠，这次事件都起到了它应有的效果。没有一个雇主敢雇用一个有赌博爱好的用人。不久之后，Benson便从学校退学，开始出去打工谋生。在那时，这是很常见的情况。二〇〇二年，回归后的首任澳门特区政府开放了赌权，多方资本进入，中央政府适时推出了内地居民自由行的政策，澳门低迷了十余年的经济在博彩业的带动下一飞冲天，二〇〇六年博彩业总收入超过拉斯维加斯，成为全球第一赌城。念书没有太多用处，遍地都是黄金。十几岁的小孩纷纷从学校跑出来，去做沓码仔或者扒仔，勤快的话一个月几万收入不是什么问题。对菲律宾人来说，这尤其是一个能改变他们生存境遇的机遇。世界各地的赌客在一瞬间涌入这个小城，语言问题成了澳门人最大的掘金门槛。这时，菲律宾人的语言优势便被赌场经营者相中，使得他们进入博彩业获得一份体面且收入不菲的工作。Benson 是个例外，他没有选择去赌场工作——虽然在澳门出生，但他的广东话、普通话和英语讲得差不多好。和其他人不同，他对赌场深恶痛绝。外祖母被周太抓包的时候，他下决心要将整个世界关在门外，他失败了。无论他恳求还是发火，软硬兼施，仍然拦不住外祖母将领到的每一块救助金扔进老虎机，将家里每一件值钱的东西搬进当铺，换成百家乐桌上的筹码。Benson 一次又一次地从各个赌场将外祖母领回来，最后一次将她领回来的时候，他同时买了一把锁。没有办法把世界关在门外，那就只能把 Tis 关在门内了。

“我收工返嚟带粥畀你啊。你今日想食乜粥？”7 点 32 分，Benson 站起身来，拿上包向门口走去。他听到背后外祖母嘴里嗯嗯啊啊地发出回应。“又系水蟹粥？炸云吞要唔好啊？”出门时，Benson 习惯性地摸了摸裤子口袋，空的。

全澳门所有的医生都下了同样的诊断书，阿尔茨海默。护工每隔三个月就会上门来一次，你这样强行把她关在屋里，是触犯法律的你知道吗？

废话，我当然知道。可问题就是婆婆她根本是在装傻。周太是对的。

Benson实在不知道怎么跟他们解释，或者说，揭穿外祖母的把戏。

起先Benson也被她骗了好几次，等他有一次假装上班，偷偷躲在门口，看着外祖母是怎样熟练地开锁，颤颤巍巍搭上巴士，走进赌场大门，才晓得她具备了怎样石破天惊的演技。他在赌桌上一把将她准备推出筹码的右手摁住，那只布满了老人斑的褐色右手发皱，当她抬起头的时候，脸上已经置换回了原先的那张人皮面具。那是一张毫无存在感的面具，自一九六四年她搭上从马尼拉的渡口离开的轮船，经香港上岸，又辗转流放到澳门，那张面具就没有再从她脸上摘下来。那副面具比她的肤色更有效地将她和葡萄牙人、泰国人和澳门人隔离开，标示清楚了她的价格。

“婆婆啊，我拜托你不要再跟我玩了啊。我真的要来不及了。”Benson重新蹲回Tis面前，伸出右手。时钟显示现在是7点35分。Tis无动于衷。“你咁我唔带粥畀你了。”Benson真的有点火大了。Tis这才慢腾腾地从沙发上那个火山坑里挪出来，坑底躺着一把钥匙。

Benson拿上雨伞出门，他试着撑开雨伞，发现风比想象的要迅疾，他抬头看了看天，灰蒙蒙的，雨有条不紊地落下，但因为风而改变了自己的意志。7点37分。他重新打开门把伞放回去，Tis仍坐在电视机前，脸上是那张一九六四年的面具。Benson 怀疑只要他一转身，那张面具便会顷刻间脱落，浮现出她本来的样子，一张狡猾的脸，然而这就像是观测者效应，薛定谔的猫。一个无解的环形悖论。

接下来的二十四小时，这一幕将牢牢定格在他的脑海里。当他每一次回想这一幕画面时，都会不自觉地重新摸一次裤子口袋，确认那把钥匙的存在。

Benson 重新把门锁好，然后沿着比厘喇马忌士街狂奔，如果幸运的话，他可以赶上 7 点 40 分的那班开往澳门塔的巴士。

差不多在同一时刻，坐船连夜从香港赶到澳门的黄家强站在六记粥面的门口，在雨帘中抬头确认店铺是否还在营业。由于赶早班渡轮，加上香港的所有便利店和食铺都已停业关门，他饥肠辘辘，准备在台风最强劲之时来临前找些东西果腹。当他低头在手机地图上确认自己所处的位置并对照风速仪测算现在的风速时，被刚刚跑过去的那个小伙子溅了一身污水。

“叼你老母，赶住去投胎啊！”他冲着刚刚跑过去的褐色皮肤的年轻人吼道，那人似乎远远地回过头来看了他一眼，就跳上了一辆刚刚停稳的巴士。事后他反复澄清，当时并未冒出这句粗口，但六记粥铺的老板清楚地记得当时他确实是这么说的。因为那时店门口只有他一个客人。接下来这位客人掸了掸身上被溅的污水，走进六记粥面里头拣了张空桌坐下来。

老板走过来擦桌子:“小伙子，我哋要打烊了。”

现任六记粥面的老板是六记明的次子，他的大儿子去了银行做事，六记明如今名义上是明伟饮食有限公司的董事长，实则在家抱孙子，颐养天年。这一切都要归功于香港美食家蔡澜的一篇文章的推力。考虑到此店自一九四九年起便在这个港边小巷营运，虽然次子的大名中并没有“明”这个字，来此的老主顾仍然沿用了六记明这个称呼来唤这位续任。

“乜？哦，系因为台风？”这位香港客人问。

“你唔系本地人吧？我哋只经营夜市。晚黑六点半到早上八点。”老板说。

“哦，咁，我系香港过嚟嘅。”黄家强说。

“呢个天气，嚟澳门干吗？”7点50分，老板开始把店里的椅子一件一件收起来。

“追风。”黄家强说。

“追风？乜风？”老板看了他一眼。

“嚟追台风啊。我系台风爱好者。”黄家强说。

“台风爱好者？真有意思，乜人都有。台风有乜好睇？你哋香港唔系也有？”老板说。

“那当然是不一样的啰。这次的台风是走澳门过境，只有到这里才能看到风眼。”黄家强从包里掏出一枚黑色的长方形小机器，“为了看这场台风，我一大早就从香港那边过来了。”

“你手里那是什么？”老板问。

“风速仪啰。”黄家强说，“你唔知啊？这次的台风真的超厉害的。前天上午进入南海后，二十四小时内风力连跳5级。5级！你知唔知5级系什么概念？昨天夜里在维多利亚港的时候，我测出来的风速就在25km/h以上，我叼，从进入南海到登陆仅有二十九小时。还有哦，你知唔知这次台风为什么叫天鸽？这是替代二〇一一年菲律宾那场吹死了一千人的台风天鹰的替补名。老板，我同你打个赌你信不信，这次的天鸽也要被台风委员会除名……”

“你都唔使上班嘅咩？”六记明后来说，他当时觉得这位香港来客有点“焓下焓下”，广东话就是傻里傻气的意思，于是把他当成了一位神经病，迫切地想要把他撵出去。

“上班？香港那边都报8号风球了，边度还有班上？我差点都没坐上最后一班船。”黄家强说。

六记明没吭声，只是挑了挑眉毛，然后请这位大惊小怪的香港客人站起来，将他的那把椅子收起来。六记粥面虽只经营夜市，但需要的工作强度不比日市轻松。闭店后他需要去同负责采购的伙工确定当晚所用的新鲜食材、准备食材的前期工序、同财务对账等等，处理各项烦琐的事宜，才能在中午时分睡觉休息，再在晚上六点半准时开门，片刻浪费不得。虽然这天气看起来是有些糟糕，但他当时相信这不过是一个普通的台风天，今日店面依然得正常周转。

黄家强只好站起来：“不过我是很佩服你们澳门人啦，这样子还要开工。”

“小伙子，你系唔系搞错了。我们这里只报了 3 号风球，3 号当然是要开工的。”老板请黄家强走出粥铺，因为他要把卷闸门拉下。

“3 号？”黄家强听到老板的这个说法颇有些吃惊，“点可能系 3 号？”他的全身已经站在粥铺门外，雨哗哗地落下来，因尚未来得及穿上雨披，他只好用防水背包挡住头部，一边把手里的风速仪罩在老板眼前，“你看，现在的风速，25，26，27……点可能系 3 号啊？”

“咁我就唔知了，我又唔系台风爱好者，不如你打电话畀电视台问问啰。”卷闸门哗地拉到底，将六记明和黄家强彻底隔开。

两个人都听到对方在门的另一端同时发出一声“痴线”。

黄家强看了一眼手表，现在是8点差1分。他戴的是迪沃斯专业潜水手表，防水深度在五百米。这块表价值近六千块，是他为自己添置的少数昂贵的生活用品之一。手上的那个TSI风速仪则将近两万元，购置它的时候他与父母大吵过一架。黄家强现年四十二岁，在香港一家保险公司上班，是最底层的销售人员，没有结婚，至今仍然同父母一起住在深水埗一间不足四十平米的房子内。一九九六年，他无意中在电影院看到一部美国电影，《龙卷风暴》，讲述几位痴迷研究龙卷风的科学家的故事。自那之后他开始对台风产生强烈的兴趣。香港和澳门地理位置相近，同属亚热带季风气候，是观测台风的好地方。在香港本地和社交网络上，他有一些线上和线下的同道好友，偶尔也会一起追风。但没有一个人像他胆量这样大，他们大多会选择较为安全的地带观测台风，如果风力过强，便会保守地退缩在室内。也没有人像他这样狂热，会不计代价地投入时间、精力和金钱到追风运动中去。除了追逐台风，黄家强几乎没有其他爱好。他人生中最遗憾的一件事是错过了二〇一一年那场席卷了菲律宾棉兰老岛地区的台风天鹰，当时谁也没有预料到那场台风会那样迅猛，台风引发的洪涝最终造成一千多人死亡。次年，在第44届世界台风委员会的年度会议上，天鹰被从140个台风名字中去除。这一次，他有预感，天鸽将会成为另一场足以与天鹰媲美的强劲台风。他怀着无比激动的心情奔赴澳门参加这场盛典，就是要看看，上帝究竟能展现怎样的神威。他确信，这将是一次前所未有的神迹显灵。而他，将是那个只身涉入风眼之中成为台风的庇护者的唯一一名圣徒。

然而此刻，他意识到，全澳门除了他一个人，没有人知道这将是怎样的一场台风。这条朝圣之路上挤满了熙熙攘攘的无知者，令他被迫成了他们中毫不起眼的一员。

雨越来越大，这条沿港道路的路牙已经快要被雨水浸没，黄家强掏出手机查看气象图，现在是8点整。天鸽在不断接近这座亚热带岛屿的东南海域，他所处的位置是整个澳门地势最低之处。他快速计算着台风移动的速度和方向，推算它将会覆盖的路线，大约还有两小时左右的时间。他必须去往那个最高之处。黄家强从包里把伞掏出来，伞是他母亲参加爱港力的社区活动时获赠的礼品，刚一撑开便被风刮得翻了面，手一松，伞便嗖地被风吹跑，像离弦的箭一样冲到了路那边的海湾，飘过了泊在港湾上的一艘艘私家游艇，继而向着对岸那一栋栋新建的高层住宅奔去。不用三分钟，便抵达了珠海。

黄家强盯着那只消失无踪的伞，再次啐道："叼，3

号，点可能系 3 号！”然后拦下一辆正在蹚水缓缓开过的计程车，打开门坐进去。

“去边度？”司机问。

“还能去边度，往高处走啊！”

8 点过 10 分，澳门电视台澳视葡文频道的热线电话响到了第三次，编导袁绍飞才从工位上醒过来，接起这通电话。这之前他剪了一夜的片子，刚刚睡了不到两个小时。他剪的片子并不是工作分内的新闻素材，而是自己的私活，一部试图讲述利玛窦在明朝万历年间来中国传教的故事的纪录片。一五八〇年四月二十六日，利玛窦从果阿启航，沿着锡兰海岸前行。两个月后，抵达马六甲，并在这个由葡萄牙人布防的城市停留了两周。之后，他从马六甲再次启航前往澳门，在行程中身染重病。一五八二年八月七日，他抵达澳门港。利玛窦从西方带来了许多新奇的物品，圣母像、地图、星盘、三棱镜，以及欧几里得的《几何原本》。而他带来的地图，尤其令这个东方国度的百姓大开眼界，从此改变了对世界的看法。由于缺乏留存完整的资料，加之没有什么投资人对这个题材有兴趣，这个纪录片的制作困难重重。此时，袁绍飞仍一心惦念在纪录片素材的填补和梳理上，对即将到来的台风一无所知。他工作的澳门电视台位于澳门半岛俾利喇街望厦山炮台下，因为工作的性质无须每日打卡上班，为节省房租，他在珠海湾仔租住了一个两室一厅，平时从湾仔口岸过关往返。其实从拱北口岸坐巴士更方便，但是他喜欢坐船。为了剪这个片子，他已经在电视台睡了两天，一步都没有出去过。因此，这通气势汹汹的电话让他有些莫名其妙。

“系咪电视台？”电话那边问。

“是啊，你找哪位？”袁绍飞问。

“我同你哋讲，你哋搞错了，呢次嘅台风系 8 号，唔系 3 号啦！”电话那头说。

“什么？”袁绍飞没太听明白。虽然在澳门念了四年大学，但他学的是葡萄牙语，在电视台负责的也基本是葡文节目，广东话对他这个出生成长于安徽阜阳这座秦岭淮河以北的城市的人来说，依然犹如天书一般难懂。坦白说，并不是他不懂，而是他不太愿意懂。

“8 号，8 号。你们搞错了，今天的台风是 8 号，不是 3 号！不，也不是 8 号……至少会升级到 10 号！”电话那头又重复一遍。

“哦，不好意思，先生，我这边是葡文频道，不负责中文新闻。”袁绍飞字正腔圆地告诉对方。

“什么葡文中文的！你哋葡文台就唔管台风喇咩？”电话那头的声音气急败坏。

“先生，你平时是不是不看我们电视？”袁绍飞问。

一九九九年中国政府恢复对澳门行使主权之后，这家公私合营的全澳门唯一的广播电视有限公司仍然连年亏损，一度陷入濒临倒闭的局面，后来由当时的特首何厚铧宣布澳门政府负责接管，改制为公营广播机构，这才在政府的资助下勉力支撑到现在。澳广视的执行总裁江濠生乃是一名出生于澳门的土生葡人。一九九八年十二月二十九日，第九届全国人大常委会第六次会议通过了关于《中华人民共和国国籍法》在澳门特别行政区实施的几个问题的解释。土生葡人可以根据自己的意愿选择保留葡萄牙国籍或加入中国国籍，即使加入中国国籍，也仍可继续使用葡萄牙护照去其他国家或地区旅行。一九九九年十二月二十日，澳门正式回归中国。在度过回归日、回归翌日、冬至、圣诞节前日和圣诞节这几个公众假日之后，十二月二十八日，江濠生走进澳门的身份证明局填写了一份简单的表格，十分钟后，他成了第一个加入中国国籍的土生葡人。“澳门就是我的老家。”在当年的新闻采访中他面对中央电视台记者的镜头如此介绍。这之后的四年，每年他都会去北京语言大学学习四周普通话。

原本持有股份在15%以上的何鸿燊现今仍然是澳

广视的董事会主席，不过，随着澳广视的股权几度更迭和公司属性变更，现在电视台的真正掌控者是谁，如同他们的财报一样，是一团迷雾。因此，袁绍飞问这句话倒没有太多挑衅的意味——他们电视台播放的节目，除了极少数自制新闻外，主要是香港和大陆的影视剧和娱乐节目。最近这段时间，电视台收视率最高的节目是电视剧《人民的名义》。

电话这一头，计程车上的黄家强被这个问题问得张口结舌。电话那头又说："先生，电视台也不是气象台。你有气象方面的问题可以打给气象台啊。"

这一边，袁绍飞听到对面骂了一句"我叼，搞乜鬼"，就挂断了电话。同事 Wendy 刚巧路过，袁绍飞便顺口问了一句："今天有台风？"

"是啊，你不知道？" Wendy 是澳门本地人，进入电视台的时间比他早，是中文频道的编导，负责早间新闻。虽然是不同的频道，但他们的工位其实就挨在一起，因为电视台实在太小。

"哦，这样。"袁绍飞说，"我是好几天没出门了。"袁绍飞很快忘了刚刚的那通电话，起身收拾桌上的东西，纪录片没有进展，他打算今天回家休息，然后再想法补拍一些素材。

"你要走？" Wendy 问，又提醒他，"我看你今天还是待在台里吧。这个天，搞不好走到一半就淹了。”

“有这么严重？”袁绍飞重新想起刚刚那通电话，“不是挂3号风球吗？”

Wendy脸上露出不可意会的笑容：“说是这么说啰。”

“什么意思？”袁绍飞问。

“香港那边几小时前就报了8号，你听窗外现在这个风声，怎么都不可能是3号啊。”Wendy说。

“啊？”袁绍飞更不懂了，“那你们怎么还报3号？”

“不是我们报的3号，是气象局那边给到我们的信息就是3号。”对这位进电视台还不满一年的年轻同事，Wendy并不想把话讲得太透彻。因为有些事情是他们内地人怎样都唔会懂嘅。

“为什么？”袁绍飞仍在穷追不舍。

Wendy只好说：“你知不知道电视台现在最大的股东是谁？”

袁绍飞摇头。

“那么你知不知道气象局现在最大的股东是谁？”

“气象局也有股东？”袁绍飞十分惊奇。

“是啰。”

这个对话到这里就结束了。因为Wendy突然接到一个电话，通知她立刻去导播间，有紧急会议要开。她走前和袁绍飞说的最后一句话是：“如果你一定要回家，记得别从湾仔走。那里地势最低，海水倒灌，都不知道会淹成怎样。”

这时是8点35分。

5分钟后，袁绍飞决定带上他的那台佳能手持摄影机回家，走拱北口岸。

除了黄家强和袁绍飞，此时，在澳门的另一座半岛氹仔，还有一个人也几乎彻夜未眠。时针滑过早上8点的时候，悦榕庄贵宾厅赌场的工作人员已经不动声色地换了一拨。澳门的赌场均为二十四小时经营，在赌场工作的人实行三班倒制，早上8点交接一次，下午3点再交接一次。肖建英早上6点半就坐在了酒店早餐厅的一张空桌前，这顿早餐他享用了两个多小时。在这两个多小时的时间里，他喝了两泡普洱，吃了半口虾饺，和水吞服了两粒氨氯地平缓释胶囊。

他在等。

等他的好朋友们陆续出现。

这是肖建英在这家度假型酒店住的第七天。尽管常年需要待在珠海、香港和澳门，但出生于内蒙古鄂温克的他从来都没有习惯过这里的气候。现在是八月，澳门的气温平均约在27℃到35℃之间，这两天由于台风的缘故稍有降低，但待在户外仍感湿热烦闷。肖建英穿了三层衣服，第一层衬衫，第二层夹绒背心，第三层是防风外套。裤子穿了两层，内层保暖，外层防潮。好在澳门室内的冷气一向无所节制，他这么穿也就没有显得太过反常。作为发源于普吉岛的封闭式高端度假型酒店，悦榕庄最有名的是他们的 Spa，Spa 结合了现代和传统的按摩技巧，配合不同的香料和草药，整场 Spa 的过程犹如宗教仪式一般庄严宁静。Spa 结束的时候，疗养师会敲响一记清脆的音叉，将客人从这场旅程中唤醒。然而，这七天，肖建英一次也没有让自己放松享用过这里的 Spa。伴随赌场业的辉煌发展，澳门已经成为世界上米其林餐厅密度最高的地方，这一次，嗜好美食的他也没有踏入过任何一家高级餐厅。每一天早上，他第一个准时出现在酒店的早餐厅——甚至有些太早了——每一天都比前一天要早一些，然后等。

从外表看，肖建英没有什么特别之处，就像任何一个到了他这个年纪的男性。他穿着普通，身上没有任何表明他身家的标识。他今年五十八岁，由于常年无节制地饮酒的缘故，心脏、肝脏和肾都不太好。两年前曾因为中风进过一次医院，从此之后就需要以比常人慢一倍的速度行动。在那之前他每天早上都会跑五公里，再吃早饭，同时收看这一天的政经新闻。如果要外出的话他很少走路，去哪儿都有司机和秘书随同。中风也就没有造成太大的影响。他的秘书实际上也就是他的情妇，跟了他十几年，他们之间的关系更像君主和宦官。当然，肖建英不否认其中也有温情的成分在——在某些他佯装却真的以为自己脆弱的时刻。但是，作为一个商人，你不能相信任何人，这是最基本的原则。第二个原则是，一切关系都是利益交换，包括婚姻。

肖建英毕业于中国政法大学法律系，父母是普通的牧民。不过，从很小的时候起，他就展现出了过人的自律和野心。毕业后他原本被分配到地方上的检察院，但他没有选择这份当时在父母和周围人看来颇有前途且因蒙上正直的色彩而显得体面的工作，而是回到了家乡，因为他知道那里有更具价值的东西。

矿。

二〇〇〇年左右，亚洲正在经历金融风暴后的修复期，希望能够平缓地去杠杆，肖建英则完成了原始资本积累的第一步。接下来，他所做的事情如同那个年代抓住了时代浪潮的所有资本家一样，开始进入资本操作、以钱生钱的阶段——那时正值中国经历改革开放、进入将社会主义和自由市场结合后的经济腾飞时期，从投资金融股、法人股，到进行 PE 投资，他从来没有觉得自己是坏人。在资本的世界里，并不存在伦理学上的善恶观念。并不存在伦理学。这个世界只有一种规则，成王败寇。赢家可以成为任何一种人，包括正直体面。毕业已经几十年过去了，他仍然会背西塞罗的某些篇章，熟知拉德布鲁赫和波斯纳，如果跟他谈论马克思的《资本论》，他能立刻说出现在谈论的内容大概在什么位置——不是出于炫耀。不过，这些都不是他最过人的地方。他最为过人的本领是，耐心。奇迹式的足以熬过持续三年没有奶水只能靠草种与树皮存活下来的耐心，镇定的足以度过十年没有书念每天赶马斗狼与羊做伴的莫如称之为寂寞的日子的耐心，强韧得扛过一次又一次的金融崩盘被所有称之为朋友的人在董事会上集体讨伐的时刻的耐心，魔鬼般地熬过在马尼拉一栋不起眼的宾馆足不出户每日被白炽灯照射一整年都无法睡觉的耐心——从那以后，他就再也睡不着了。

现在他认为自己依然没有失去这份耐心，时间指向 9 点 10 分。尽管他的朋友们一个都没有出现，他还是觉得也许他们只是集体睡过了头，或是嫌麻烦而叫了送餐服务。他们会出现的，总会出现的。至少不会一个都不来。一共六个人呢。哪个人没有和他一起出生入死，共同影响过那个无声的战场上数字的起伏？他信任他们。他信任他们的原因不是他真的信任他们，而是他掌握了他们每个人的秘密——同样的，他们也掌握了他的。

他从早餐厅转到了赌场贵宾厅这里的一张牌桌前坐着，妆容精致的女荷官问了他两次要不要下注，他都回答不要。“我今天运气不好，不会赢的。”他微笑地说。实际上他知道自己不会赢，是因为数学。从概率上来说，百家乐是一种长期来看注定会以 1% 的比例输给庄家的游戏。他从来不用运气做生意，而是靠数学，和秘密。所以他从来不赌。

转到赌场这边来坐，是因为 9 点的时候早餐厅突然通知餐饮供应提前结束。餐厅经理抱歉地告知他电视台和广播频道突然通知外面的台风改挂 8 号风球，他们需要处理一些酒店管理方面的紧急情况。“不过赌场还会正常开放。”他不知道外面的情况如何，他只关心那其余六个人究竟什么时候会从他们的套房内走出来，和他继续这一天的度假活动——谈判——实际上并非谈判，而是综合运用语言艺术来确认他们是否仍坐在同一张牌桌上。

每次度假的人选都会发生些许变动。最近这两年，人越来越少了。他清楚地知道有些人可能永远都不会出现了。以往他们的度假总是在三亚的悦榕庄进行，三年前才改到澳门。他知道这是为了方便他，三年前他彻底搬到了香港，没有再入过境。

而这一次。前三天的早晨，他们都陆续去了早餐厅一起饮茶吃饭，到了第四天，其中的两位没有来。第五天，又有一位没来。对肖建英来说，这才是真正的博弈游戏。没有在这里吃早饭，就意味着他们在另一个地方一同吃了早饭，共同签署了一份只属于他们之间的协议，结下了一份排除异己的友谊。每个人都心知肚明。每一年为期一周的度假，从6点半到11点的早餐时间决定了这个共同利益体谁出局，谁继续。

现在是9点半。肖建英还在等。虽然穿了三层衣服，他还是感到寒冷，他将这归结于也许是台风搞的鬼。他等得起。

拉着黄家强的计程车开到新马路附近便再也无法前进半分，他们先是被车辆的长龙在这条澳门半岛最热闹的大街上堵了将近一个小时，等到风力越来越强，马路上商铺的招牌被刮得掉下来差点砸中一位在路边指挥的阿Sir时，水已经淹没了计程车近半的车身，开始从车门大量渗入，司机首先打开门跳了出去，尽管无奈，黄家强也只得跟着下了车，然后跟所有人一起往大三巴的方向蹚水移动。那是地势最高的地方。

与此同时，袁绍飞乘坐的巴士在艰难重重中抵达了拱北口岸，口岸人满为患，多是被滞留在此的过关旅客，刚刚关口已经接到最新的政府通报，台风改挂8号东北风球，关口暂时关闭，如何处理需要等待进一步的指示。

而十分钟前，地处南湾新填海区 D 区域 1 号地段，同时也是澳门地标性建筑的澳门塔卖出了他们这一天的第一张、也是最后一张观光套票。买这张票的人党婷，是一位刚满十八岁的高中毕业生，土生土长的澳门人。这一天是她的生日。也是黄道十二宫第六宫处女座的第一天。

澳门塔总高度为 338 米，一共 61 层。九十年代，澳博控股有限公司的持有人、有“澳门赌王”之称的何鸿燊去新西兰奥克兰旅游时，那座著名的天空塔给他留下了深刻的印象，回到澳门后，他决意建造一座类似的高塔，并邀请了新西兰最有名的建筑师 Gordon Moller 设计这座塔。整座塔从开始建设到完工用了三年时间，总耗资十亿澳元，这差不多是何鸿燊所拥有的赌场现如今十天左右的收入。二〇〇一年十二月十九日，何鸿燊邀请了澳门特首何厚铧一起为澳门塔亮灯，从此，这座高塔成了每一位前来澳门的游客观光的必经景点。现在去看，何鸿燊此举并无特异之处。但是，在该塔动工之时的一九九八年，正是亚洲金融危机冲击澳门经济最严重的时候，没有人理解何鸿燊当时执意建造这座毫无必要的高塔的用意。

只除了一个人，党婷。

出生于回归那一年的党婷，对澳门如今的样子并不像其他澳门人那样常有恍若隔世之感，回顾往昔会觉得身处两个截然不同的世界。自她记事起，澳门就是这个样子。虽然没有去过迪拜，但是她在网络上看过有关迪拜的图片，她觉得迪拜就和澳门差不多，一座人造之城。她对这些人工建造起来的庞然巨物有着接近神般的崇拜，她的父母皆在澳门大学工作，因此自小就住在氹仔。她亲眼瞧见了这个原本只是一小块陆地的地方是怎样被一点一点填海造陆而扩大，一栋栋金碧辉煌的巨型赌场型酒店建筑是怎样无中生有。这些仿照外国知名大都市建造的酒店将巴黎和威尼斯带到了她的身边，令她感到自己就处在世界的中心。

这种幻觉多少抚慰了因为恐高症而几乎无法出门的她，不过只有效地持续到了她十二岁。在那之前，党婷上的是专门招收澳门华人的学校。她周围的孩子都和她差不多，几乎都是街坊邻里的华人小孩。大家对世界的认知也都差不多，澳门就是他们心目中世界的全部定义。唯一的些许区别是，党婷连澳门的另一边——那座澳门半岛都几乎没有去过。说“几乎”是因为她唯一嚷着要父母带她去看炮台和牌坊的那一次，在巴士途经西湾大桥的时候，没忍住睁开了眼睛，当她看着窗外大桥下闪闪发光的海水时，感到一阵眩晕，极度的恐惧在瞬间突袭了她。最终，整辆巴士不得不专门为了她一个人停在大桥上，在造成了约一个多小时的交通阻塞后，交通局、警察局和政府部门同意为这个晕厥在场的孩子破例，用警车将她护送回家。电视台在次日的早间新闻尾段向全澳居民播放了这条约三十秒的新闻。

在晕厥过去之前，党婷倒下的过程中，眼睛看到的唯一一个东西就是那座对岸的高塔。那座塔反射出的光线加速了她接近地面的渴望。

全澳门所有的心理医生做出了不同的诊断。一种诊断结果说这种极为罕见的恐高症是生理性的，也就是脑部神经的器质性病变，负责平衡感的部分出了问题。它可能是先天的基因突变造成，也可能来自家族史的基因缺陷遗传。另一种诊断结果表示，这完全是一种心理性疾病，或者叫，主观平衡障碍性疾病，属于精神性眩晕，焦虑状态诱发的通过传出冲动失耦合及传出冲动复制的感觉失匹配。可能是后天环境的某次刺激引发，或是长期的压力导致。还有一些医生认为，患者患有的其实不是恐高，而是在幼时的心理发展过程中缺乏某些必要的东西——比如安全感——而表现出的应对方式。也有一位自称是澳门中医协会会长的专家，在上门问诊之后，表示这是孩子身体天生寒气太重，没法到高处去，因为俗话说得好，“高处不胜寒”。

不管怎样，党婷的父母在尝试过各种医生给出的治疗方案而均以失败告终之后，就放弃了要治愈这个疾病的想法。党婷的母亲实际上不是老师，是在澳门大学校董会做行政工作，父亲则是历史系的老师，不过，教的主要是葡萄牙历史。回归后，才开始兼讲中国史——他面临的最主要问题不是讲课内容的变更，而是如何修正自己之前讲述的葡萄牙历史中有关澳门部分的性质界定描述。有一次，他无意间看了法国哲学家福柯写的《疯癫与文明》，福柯在这本著作中探讨了精神病理学在历史维度过渡中的变化与发展，尤其提出了一个观点，所谓的疯癫实际上也可以被视为一种与社会多数的“正常人”不同的少数者的状态。这个观点不仅在授课方面给了他极大的指引，也完全扭转了他对女儿患有的恐高症的看法，从此，夫妻两人改变了对待这件事的态度。女儿怕高，就像有些人怕水、有些人无法忍受金属摩擦的声音、有些人坚持认为资本主义制度是最完美的社会制度一样，它可以被视为疾病，也可以被视为是那个个体身上的主体性的一部分。

“我们每个人都有与其他人不一样的地方。”他们这样对女儿解释。

但这个解释，以及夫妻俩刻意为女儿建立起的安全的世界堡垒，在她从小学升入初中的那一年便突然失效了。

党婷上的初中是天主教学校，回归前，在葡国政府的统治下，澳门最好的学校都是天主教学校，回归后，这一点仍变化不大。她的同班同学中有混血，有土生葡人，也有回归后从葡萄牙全家移民过来的葡萄牙人。她猛然意识到，她所熟悉的那个世界似乎变了。当她和同桌，一位刚刚移民过来的葡萄牙男孩介绍彼此的时候，对方告诉她他来自葡萄牙——在过去，葡萄牙和中国这些词对她来说都差不多，仅仅是一个词汇，在她的脑海中没有地理学上的意义，但她的同桌，随即翻开了他们新发的地理课本，翻到某一页，指着上面的地图，告诉她，他就来自那里。那是他的老家。他们那里也能看见大海。

其实他指的地图的位置并不真的准确，那是《山海舆地全图》，是明朝万历年间绘制的中国历史上存在最早的中文世界地图。相传是利玛窦来到中国传教时，在肇庆绘制的，为了讨好中国而将中国放在了地图最核心的位置。后来经历史学家考证，这幅地图也并非利玛窦绘制，而就是中国人自己完成的。这是地图史上的一桩疑案。

无论如何，这完全改变了党婷对世界——也就是对澳门的认识。随着她对这个真正的世界的认识更加清晰——也就是不断拓宽她对世界的定义，她越来越痛苦地意识到，自己的可能性的世界是多么的窄小。她的世界仅限在二层楼的视崖范围内。她将永远以水平面为行动参照系匍匐苟存。

这就是为什么她认为何鸿燊在她出生前一年决意斥巨资建造的那座塔是有意义的。意义重大。重大非常。

虽然她和何鸿燊这位澳门最为知名的大人物没有任何关系，但她认为这座塔是何鸿燊为她而建造的——就算不是为她一个人，也是为了全澳门罹患恐高症的整个群体。对她来说，这是一座可以通向一个更大的世界的高塔，一柄门钥匙，一剂解决她的恐高症的汤药——她查过心理学书籍，知道行为暴露疗法。但这不是她会这么想的主要缘由，主要缘由是她深深爱上了她的同桌，那位白皮肤蓝眼睛来自葡萄牙的男孩，而他和她打了一个赌："要想让我喜欢你，除非你从那座塔上跳下去。"她没听出来对方说这句话其实是另一个意思——在葡萄牙语转英文再转中文的过程中，语义丧失掉了那半层含义因而变得完全不同了，变成了点燃她心中那个名之为爱的希望的火花。

因此，她只有两条路可以选择，要么站到那座塔上，要么去死。

"实际上只有两种可能。生，或者死。"阿 Ken 说。

虽然他们工作的这个地方迄今为止还未发生过一起意外，但外界总有各种谣言——譬如说那些最开始建立这玩意儿的外国人走了之后，负责运营的外籍经理将所有员工都换成了澳门本地的劳力，薪资开销比请总公司派人来少了三分之一以上。为了进一步减少开支，按总公司规定三年换一次的钢索也是能用就用，直到意外发生为止。当然，这些谣言不会钻入外来游客们的耳中，也就无关痛痒。当本地司机载着那些兴致盎然地想从塔上跳下去的游客前往终点时，都会抱着送一批战士上战场的壮烈情怀为他们暗自祈祷。

“即便出过意外，死了一个人，大家也会按概率去想，不会轮到我这么衰吧，可是实际上，只有两种可能，跳下去要么生，要么死。一半一半。”阿 Ken 以前总是这么说。

10 点 47 分，澳门塔 61 层，Benson 的搭档阿 Ken 在劝慰他数次无果后，跟他最后强调了一遍关停所有设施，收好线缆，锁上蹦极台和高空漫步的对外玻璃门，各项琐碎的事务细节，然后就匆忙下到 58 层观光层去帮忙分散仍然停留在那里的少数游客下楼，到最底层的安全处。

此刻 Benson 站在 61 层楼，通过环状透明玻璃努力向他家的方向眺望，试图看清那里的水势究竟如何——他这么做已经有一个多钟头了。两分钟前，手机上已经弹出最新通报，台风天鸽现在已挂 9 号风球。实时新闻上说，澳门所有的公共交通都已中断，机场、船班停运，澳门本岛与氹仔之间的三座跨海大桥、西湾大桥下层行车道全部封闭，最重要的是，连赌场都开始陆续关闭。说明这次台风是来真的了。

“叼你老母，都是他妈的赌场那些人搞的事。”半小时前，阿 Ken 就在更衣室一边卸下教练服一边骂娘，“那些人为了多赚一天的钱，才叫气象局挂 3 号风球。这事不是一次两次了，我叔叔就在气象局工作，我叼，不管刮几号风，他们都得报 3 号。关一天赌场会死啊？少赚几千万会死啊？你看吧，这次，玩大了。”

阿 Ken 的话一句也没进 Benson 的脑子，他心里翻来覆去想的只有一件事。他家所在的位置是澳门半岛地势最低的地方，以往刮 3 号台风，水都会淹进屋里，后来加高了门槛，才将水挡在门外。但这一次的台风，他有生之年几乎从未见识过，他不知道水位会达到什么高度。而那把唯一可以从屋内打开大门的钥匙，在他裤子右侧的口袋里。一直都在那里。他原本寄希望于在台风风势减弱时找到一个回家的机会，可能性却在不断下降。他只能尽可能地在这里待久一点，因为这里能看见他家的方向。

就在 Benson 准备关上通向蹦极台的门的时候，他听到一个声音：“请问现在还可以蹦极吗？我买了今天的票。”

他回头，这才发现有一名游客还在这最高的61层没有离去。一名看上去非常年轻的女生，几乎是个孩子。她穿着一身准备蹦极的装备，那应当是他们还没接到关闭澳门塔的通知前，同事帮她穿上的。

“不行，我们已经停止开放了。你看外面，这个天你还要蹦极？”Benson非常烦躁。他是澳门塔的蹦极教练。澳门塔的蹦极项目是它另一个吸引世界各地游客的地方，这项娱乐项目由世界知名的连锁蹦极运动公司Hackett经营开发，公司的创始人A. J. Hackett是蹦极运动的发明者，成长于奥克兰。澳门塔的蹦极是Hackett运营的世界上最高的蹦极项目，高达233米。Benson在这里工作并不是因为他喜欢这项运动，或是对澳门塔有什么兴趣，他的工作内容实际上是站在那块可以俯视整个澳门的蹦极台前，将那些倒数三次还没有勇气蹦下去的客人推下去。

他非常喜欢将那些人推下去再听着他们一边惨叫一边以自由落体的速度掉下去的感觉。

“我买了票，所以我有这个权利。”这位看起来仍然是一位高中生的女孩坚持道。

Benson没有理会她，他低头又看了一眼手机，刷新实时新闻。一条消息突然跳到了眼前，珠海湾仔那边已经被倒灌的海水全面淹没，水位漫到了二层楼，路边的车辆全部在水面之下，大树被吹倒，只露出几根交叉的树枝。他的大脑一片空白，他家与湾仔隔岸相望，这说明他家那边的情况只会更糟。

他再次绝望地摸了一把口袋的钥匙。它在，仍然在，一直都在那里。它为什么会在那里而不是在外祖母的手上！这是一个他已知但一时无法接受答案是无解的问题——无人可以怪罪，数学不能解答，气象局、电视台、大庄家会付出一定的代价，但历史仍将不断地重演，论证绝大多数悲剧只是命运的安排——主体性的乘积亦囊括于神的手掌。

没有用了。一切都完了。事实上人类并没有两个选择，只有死亡一种结局。或早或晚。

他听到身后突然传入一阵剧烈的风声。他回头，蹦极台的玻璃门竟然被打开了，狂风呼啸着冲进来。那名女孩已经不见踪影。

几乎是本能的，他做出决定，逆着狂风向蹦极台那边跑去。

那女孩还在蹦极台前的准备区摸索着蹦极用的绳索，那里还算安全，因为视线被周遭的防护栏杆挡住。即便如此，她已经脸色苍白，浑身颤抖，不知是被狂风吹的，还是被吓的。

Benson 冲过去试图把她拉回来：“你要做乜，找死？”

党婷说:“系啊，我就系找死。”她死死地抓住蹦极台旁边的栏杆，威胁他，“你唔好理我！”

这时，距离11点半澳门气象局挂出台风升级为10号风球的通知还有21分钟。

黄家强已经一步一步地登上了68级台阶，站在了大三巴牌坊前，那里只剩下他一个人，其他人都躲进了附近炮台山上的澳门博物馆内。

袁绍飞被困在拱北口岸的出入境大厅内，他打开了自己的那台佳能摄像机，对准了厅内形色各异的躲避台风的人群，试图为这场台风留下些什么记录。

而肖建英所在的赌场已经全面断电断水断气，他坐在一片黑暗之中，仍然在牌桌前等他的朋友们。

11点10分。

Benson站在蹦极台上，一只手拽着党婷的胳膊，两人一番角力，Benson丝毫无法撼动她抓着护栏的另一只胳膊。他处在逆风方向。

他想起了另一个人，那个无论如何都要设法从自己的视线里离开的人。

“你唔好再同我玩喇！”这次他真的生气了。

“我冇喺同你玩呀。我真的是来蹦极的。”她笃定道，又说，“我查过了，你们的蹦极项目非常安全，还没有出过一起事故。”好像她才是这里的蹦极教练。

“只是迄今为止。如果你现在要跳，可能就要打破这个纪录了。”他说。

“不会的，你们的钢索每隔三年就会换一次新的，能够承受五吨以上的重量。”她说。

“好吧。”他试着缓和一些语气，“小姐，不好意思，我不知道你是有什么问题……”

“我的问题是我有恐高症。”她说。

“什么？”他问。

“恐高。准确地说，我不能站在超过两层楼高度以上的地方。否则就会恐高症发作。”她说。

“会怎么样？”他问。

“一般来说是直接晕过去，之后的事我就不知道了。”她说。

他看了眼蹦极台外侧：“那你现在怎么还没晕过去？”

“因为我还没看到外面是什么样的。我是闭着眼睛坐电梯上来的，之后就一直待在最里面，换衣服的地方，等到人都走光了才走过来。”她说。

“那麻烦你再闭一下眼睛。”他总算闹懂了是怎么回事。这女孩大概不是有恐高症，而是有其他精神方面的问题，比如——只是说比如，阿尔茨海默症。不管是什么问题，总之他必须负起这个责任，这也是眼下他唯一能肩负起的责任。也许他负起这份责任，他的外婆也能奇迹般地被他人负起责任而获救。

于是她闭上了眼睛：“然后呢？”

“我带你坐电梯下去。”他再次将她往回拉。

她刷地睁开眼睛，甩掉他的手：“不！你不明白！这次蹦极对我来说很重要！我已经准备很久了，光是闭着眼睛坐电梯就练习了 378 次。”

“那你就当再多练习一次，我们先下去。等台风过后，你想蹦几次就蹦几次。”他说。

“不。一定得今天。必须要。现在。马上。”她说。

“为什么？”他问。

“这是我跟 Carlos 打的赌。”她说。

“Carlos 又是谁？”他问。

她笑了。

“他是一个天使！他的皮肤雪白雪白，头发是褐色的，眼珠是海蓝色的，笑起来的时候会发光！哦对了，他是一个真正的来自葡萄牙的男孩！不是那些出生在澳门的葡萄牙男孩。他会说真正的葡萄牙语！他去过好多好多地方……”她一边说一边指着澳门塔不同的方位，“你看，那里是大洋洲，正对着我们的方向是澳大利亚，再过去一点是新西兰。那里，那里是非洲，左边一点是坦桑尼亚，右边一点是埃塞俄比亚。那边是北美洲，如果你看得够仔细，能看到美国加州的1号公路，再过去一点是南美洲，那是巴西，里约热内卢，那是智利，中间那个小岛你看到没，那是大名鼎鼎的复活节岛，岛上有毛利人留下来的巨大石像……你再瞧这儿，这儿是北京，我爷爷就是从那里过来的……你看到天安门没有？那后面就是故宫……”她的声音越来越亮，快淹没了海浪般的风声。

他打断她：“这些都是Carlos告诉你的？”

“不。是我从地图上看来的，《山海舆地全图》，利玛窦绘制的。这是中文世界的第一张世界地图。在看到这张地图前，我还以为整个世界就澳门这么大呢！不……我以为世界就我家和我家门口那个公园，还有左边的便利店和右边的加油站那么大。我以为世界上最高的地方就是大炮台，最远的地方就是妈阁庙，你知道吗，我第一次看到对岸的珠海，还以为那里就是另一个世界呢。这座塔，我从小就能在房间里看见，我一直以为，上了这座塔，就到天堂了呢。当时我真羡慕待在这座塔上的人，我心想，他们一定都是神仙。神通广大，法力无边，什么愿望都可以帮我实现。”她说。

他沉默了一会儿。

于是他盯着她：“你满十八岁了吗？”

她点点头：“今天刚满。”

他又问：“你之前跳过吗？”

她先是摇了摇头，然后说：“不过我在心里已经跳过很多次了。我每天都会练习一遍。已经练习了六年。长这么大除了氹仔我哪里也没去过，连大三巴和炮台都没去过。”她顿了顿，又说，“Carlos 说，如果我敢从这里跳下去，我的病就会痊愈。”

他想了想：“我明白了。”又说，“你等我一下。”

他回到 61 层的塔内，穿回他的教练装备，又重新回到蹦极台。

她沮丧道：“你还是要绑我下去？”

他说：“不。你知唔知，其实我哋嘅蹦极，系可以双人跳嘅。”

她差点在狂风中蹦起来：“你答应我了？太好了！”

他站在党婷面前，像往常那样，一一检查她的所有装备，每一个锁扣。然后提上两条蹦极用的牵引绳索，一条挂在党婷身上，一条挂在自己身上。

他说：“从现在开始，你闭上眼睛，一定不要睁开。”

他握紧党婷的手，一步一步走向蹦极台的边缘。

11 点 12 分。

他们站在蹦极台前，Benson 开始倒数。这一次，没有人在后面推他们。他们得自己跳下去。

“5，4，3，2……”

数到1之前，党婷突然又开口问：“对了，你系菲律宾人吧，点会讲广东话？”她闭着眼睛。

Benson想了想，说：“你搞错了，我系澳门人啦。”

11点13分。

天鸽以30km/h的速度移动到了整个澳门正中的位置，此时，澳门被天鸽的风眼笼罩了不到三秒的时间，在这三秒钟的时间内，整座城市突然安静下来。

后来尽管有很多人都说他们的的确确看到了那条金碧辉煌的长条形的龙，龙须像珍珠一样洁白，鳞片像宝石一般闪耀，但没有一个人有证据证明自己的话是真的。更多的人只是以为自己看花了眼。而气象专家则发布公告说，这只是一种偶尔会出现的气象和光学现象，就像海市蜃楼。有信仰的人则将它埋藏在心中，发誓永不透露。

那条龙出现的时候，肖建英接到一通儿子从美国打来的电话，儿子刚新婚不到三个月，妻子是其大学同学。

他接通了那个电话，儿子在电话那头说：“爸，我和Linda有个好消息要告诉你。”

他一时没有说话，因为紧接着，漆黑一片的赌场就突然恢复了照明。整座城市的紧急供电系统终于被启动了，但只能供应一部分用电，赌场是最先恢复供电的。他的眼睛适应了好一会儿才恢复正常的视力。

整个赌场大厅都是空的。肖建英看到一个身影无比缓慢地走进来。那个人脚步蹒跚，像他一样行动不便，摇摇晃晃，全身都湿透了。等她走近，他才看出那是一个褐色皮肤的菲律宾人。

她看到整个赌场只有一张赌桌上坐着人，便一步一步地走过来，拉出另一张椅子，然后坐下来，从湿漉漉的布袋包里掏出一枚木制的塑像，然后啪地放在赌桌上“闲”的那块空档处。

肖建英疑惑地看了半天，才认出那是一块耶稣受难十字架。

“到你了。”她说，“你要落咩注？”

2018 年 10 月 9 日 初稿

2019 年 5 月 27 日 二稿

赫索格

要是我真的疯了，那也没什么，我不在乎。她心里想。

酒醒之后她开始为自己的谦卑懊悔。她给所有道过歉的人重新写信，一一找回她前一夜——也就是数小时之前——在不同的人那里丢失掉的主体性。第一封信写给某位政论宿敌，为了给他道歉她特地费力曲折地找到了他的联系方式（足见其努力、其真诚），表达之前在一次学术会议上她对他群起而攻之的歉意。“对不起，是我走神了。”对方非常大度地接受了——不然还能怎样呢？谁能承受这样过分真诚因而看上去像是强奸式的道歉？除了接受还有什么别的办法？回，“对不起，我也走神了”？回，“你确实应该为你的走神感到抱歉”？回，“我没有理由不接受您的道歉，所以我接受”？实际上她清醒后立即意识到那道歉本质上毫无任何谦卑可言。“希望你能继续认真下去。”说得好像她才是那位年长数十岁的前辈而不是他，她才是那位垂垂老矣而不怒自威而拥有教诲年轻人的权利的长者而不是他，她才是那位深夜的病榻上还在秉烛为人民批阅奏章的总理而不是——清醒的时候她偶尔表达自己想要做一国之主的愿望，听这话的人反倒认为她是喝多了：“我昨晚做梦我做了国君。”“那说明你是真的有想法啊，我们都不敢做这样的梦。”是的，不跟她朝夕相处的人不会知道她的傲慢可以有多傲慢，她那看上去是表演型人格的无礼究竟有几分真无礼。既非男权主义亦非女权主义，既不是左派，和保守党也毫无关系，她纯粹就是不尊重人。她不尊重人的时候，就像一头从冬眠中醒来的猎豹，突然间恢复了捕食者残忍的本性。因害怕被人识破这一点，她往往显得特别彬彬有礼、滴水不漏——这是在她意识到的时候，很多时候她是意识不到，自我战胜了他我，或是因倦怠而松懈，或者干脆就是破罐子破摔，走上了完全相反的道路，彻底暴露底层自我，在别人眼里反倒有了表演的性质。别人总是搞不清她什么时候在表演，什么时候是认真的，因为她表演和认真时一个样，或者前一秒是表演，下一秒就说了真话，或者真话放在表演的时候说，说假话的时候又带着迷惑人的脆弱——这使得别人更搞不清她一句话里有没有潜台词、有几句潜台词，到底应该正着听还是反着听，由于语义丰富，所以听起来都像讽刺。又由于讽刺通常都具有幽默的特征，因此又让人猝不及防地发动喜悦的身体结构，笑完了才咀嚼出一丝不对，反省自己是否笑得恰如其分，从此对她心生警惕——不管怎么样，管好自己的面部表情和发声器官，无论她说什么，三思而后笑。但其实往往她也就是单纯的幽默，即便发挥的手段是讽刺，也是服务于幽默，逢场作戏，烽火戏诸侯，以攻击为目的但本质上不含任何攻击性。很多时候连她自己也分辨不清，因为整套机制已经熟练地运行了如此多年，有时候她甚至会被自己感染，感动于自己那颗赤子之心——即便是人造的。

言而总之，虽则不是真谦卑她也仍后悔得不行，觉得自己无缘无故被人占了便宜，虽则分明是她亲自把这一沓名为自尊的钞票双手奉上，因此在第二封信中她写道："对不起——不是真的对不起的意思，只是一句发语词。我昨晚喝多了，不是真的不好意思，这不是我，我不是这样的人。现在我要收回我的道歉。"是这样，夜幕降临时她给每一个人道歉，清晨日出之后，她又开始逐一回收她的道歉。把它们用熨斗一一熨服帖平整，套上防尘罩，用香樟木的衣架挂好，放回衣柜里，等待下次取出来再用。它们就又像新的一样，闪闪发光，真挚动人。

然后她开始给第二个道过歉的人写回收信。在写之前她突然想参考一下别人的意见，毕竟她已经清醒过来，这样一个一个地写信也不是她的作风，这显得那些人很重要似的——先道歉，再回收，这隆重的礼节有损于她的傲慢。于是，她问一位同侪，遇到这种情况应当如何处理，对方说，也可以不用收回，留着下次用，下次就不用道了。她觉得此言甚是。于是有理由地停止了这卷帙浩繁的回收工程。如若有人莫名其妙地发来回信询问为何而道歉，她将这样回："你很快就会知道了。"

停止这项工程后，她并未觉得轻松，反而感到自己还需要再说些什么，无论对象是谁。于是她又重新动起手来，收信人是某大学哲学教授——她并不认识，但听过几次他的课。她掂量了一下开头应该如何称呼对方，"尊敬的X教授""X老师""X先生"或是不带姓单叫名字的"X师"？最终她决心把称呼的事情搁置一边，把信的主体部分先完成，"在上次您教授的《庄子》精读课上，您提到'近年来日益感到我们身处于一个纯粹经验的世界，没有真正的客观可言，中哲早已把科学真理全部讲完了，自然科学不也是经验世界吗？一切的自然科学都是不确定的，我们所处的是一个概率的世界，所有的公理不过是在概率上有最大可能性的答案，你无法真正确认这些公理，你说质量守恒定律，你怎么证明这个定律？你做的实验不可能没有误差，我们不过是忽略掉那个误差罢了。但是，你怎么知道那个万一不在那个误差里面’。您说完询问在场者有没有人是理科生，能反驳您的观点，无人回应。”她想了想，把“无人回应”这句删了，然后接着写，“我以为这样的观点有失妥当。”这不是第一次，她对这位教授提出的有关自然科学的观点感到吃惊，想不通一位有这样声誉的教授何以对科学的基本常识有这样大的认知缺失——他是工科出身的哲学教授，按道理不应如此。那是数月之前的事了，她的强迫症使得这个无心听到的小问题成了她偶尔想起便不受控制地开启自我思维论辩的开关，一遍遍在头脑中梳理组织，与自己对话，应该以什么方式解释这个错误呢？最简单的莫过于说明“用概率可以精确描述的世界，恰恰意味着一种精确的世界图景。物理定律并不是在概率的最大可能性上成立，而是，物理定律被概率所描述，这正是一种真正的精确”。但这样解释在没有自然科学基础的人听来，或许只是一种语言游戏，无法洞察背后蕴含的最深刻最基本的自然科学思路，以及自然科学的真实历程。她花了数十天找出了上学时读过的物理学课本重新读了一遍，又买来新的物理学进展读本，想要复习并理清这个问题，写出一条完整的逻辑辩论链条。谁知一读就是数月过去，十年前她对理论物理学的浅显认知停留在缝合广义相对论—量子物理的裂缝而朝着弦论的假设方向过去，十年后她又一次温习德谟克利特、亚里士多德、牛顿、爱因斯坦、玻尔、海森堡，然后头一次朝着另一个方向读下去，圈量子引力。“天哪！”她不住地感到惊奇，为什么她没有早早探索这部分已经诞生了几十年的“在概率上有最大可能性成立的”统一理论假设。“这就是理论物理学家的惊人能力，他们可以在事物被观测到之前发现它们。”她心想。在圈量子引力的假设里，时间并不存在，时空是一个整体，时空与引力量子的关系就如同电磁波与光子之间的关系，光子在大尺度上的近似形象就是波，波以光子的形式相互作用。连续空间和时间是引力量子在大尺度上的近似形象，引力量子是空间和时间相互作用的方式。世界、粒子、光、能量、空间和时间，所有这些都只不过是一种实体——协变量子场的表现形式。这就是世界的本质，“在概率上有最大可能性成立。”她为自己在如此多年错失了如此重要的认识感到懊恼，但这又能改变什么吗？知道世界的本质究竟是弦论所描述的还是圈量子引力所描述的，又有什么区别？我们生活在微观世界，那些在宏观世界相互抵消的涨落对我们来说却是惊涛骇浪，在个体的生命中，时间依然存在，虽然它不过是“某种近似形象”。知道得更多之后，她的疑问不仅没有减少，反而更多了，“那么又如何解释灵魂的存在？科学并没有带我们走向确定，科学最终带我们走向的依然是神秘。那些理性主义者只是站在了路程的中间，还没有来到终点。”她在书的边缘胡乱地记下种种想法，仿佛这样就能与什么人联通，得到一个回答，书中那些古老的名字会从铅字中跳出，被召唤而显现。她决定停下无休止的阅读，整理一下这数月以来的已知，给那位引发她思考的教授写一封去信，但等到落笔时，她又犹豫了，设若对方真的仅仅是通过宋明理学或《太极图说》而得出了有关世界的本质是概率的这样的结论，那也不啻是一条珍贵的路径，正确或者错误有那么重要吗？如果一个人的全部思想——比方说庄子，已经借由七篇文章得到完整的表达，在他生命这倏忽一瞬，还需要无穷无尽的追问吗？“太上有立德，其次有立功，其次有立言，虽久不废，此之谓三不朽。”在她看来，那位教授或许已经达到这三不朽——至少她从未听说他有任何德行上的瑕疵，在他的世界观里，他是如此的言行一致，这已经相当了不起。“中国哲学有一条非常重要的思想，这也指导了这个民族的基本生存智慧，即‘知止’。”那位哲学教授曾在一次小组会上说过。她心想，她不能替代别人——任何人去进行这可笑的指手画脚——况且事情又是这么的复杂，她对世界已经有太多意见，在商场，买成打的内衣时收银机算错了账，她指出，你们的算法出了问题，逻辑搞错了，应该优先算这个优惠组合而不是那个。在小吃店，她要点一份抄手，店家告知她售完了。她将其归结于时运不济，于是改点一碗牛肉面，坐下时又走入一位客人，也要的抄手——“对不起，今天没了。”然后是第三位，还是抄手。她的心思又开始活络了，今天是工作日，并非节日、双休日或是任何特殊的一天，现在是午时，正是一家小吃店运营的正常时间，店内目之所见没有任何特殊营销活动，是的，今天不过是这家店运营的无数时日中极为平凡的一天，那么以今天的事件作为样本并无太多不妥之处。那么这个标准差应该是多少呢？她打算等到第五位走进来要抄手而不得的客人时再开口，因为 5 是一个质数。“你们的管理有问题，难道不应该对客流和各类商品进行统计学上的分析，从而定出一个合理的货品管理销售方案吗？或者，你们应该请一家咨询公司。”幸好她没有等到这个质数就吃完了那碗面，得以立刻打道回府。否则，反省和致歉名单上将又多出一位地址。

为了减少这失控的缺乏自我意识的自命不凡，她极力避免让自己需要出门，越来越少与其余人接触——因此学会了各种各样自给自足的技术，屋内拥有五花八门不会出现在一般人家中的工具。最近她学会的一项新技术是拆表带，两个月前生日的时候朋友送了她一块手表，但实际上她并不需要一块手表，从来就没有戴手表的习惯，那块手表因而也就放置了许久，最终是出于某种物尽其用、各归其位、一切事物都必须在正确的轨道上运行的强迫症，她不得不购入一套拆表带工具，动手将那块手表的表带拆到合适长度，然后将手表重新放回盒子，连同工具一起放进储物柜——它们在各自的一生中很可能只有这一次出场机会。她不用为此感到任何歉疚，因为她和它们一样，不过也只是时间的度量衡——第一位发现钟摆的等时性的人是伽利略，时年正值十七岁，在意大利的比萨城学医，他在一场宴会上抬头盯着微微晃动的挂灯，习惯性摸数自己的脉搏时，惊讶地发现挂灯的摆动频率和自己的脉搏一致，从而意识到在挂灯逐渐平息的过程中，无论它的振幅是多少，每一次摆动的时间都是一样的。因为他知道一分钟内脉搏跳动的次数相等（他是怎么知道这点的历史没有给出答案，所以这更像是一个避免循环论证的传奇故事）。由此，他找到了度量时间的工具，钟——这就是我们对时间的全部认识，我们只能通过时间单位去描述时间，并不知道时间究竟是什么东西。时间是有限的还是无限的？现在她知道了，时空是不连续的，时空量子是描述时空交互体的基本单位，它的尺度是普朗克长度。她随时随地处在心流中——由此她避免出门，信息量太大会让她感到有数据溢出的风险，电梯内闪烁的电子显示屏会引发她不可救药的浸没，她拆解箭头的小方格，读数为 9 格——审美上均衡完美，大街上对面走来的人常让她下意识般进入到微观辨识的解体和读取中，他扣子的颜色和质地、她重叠的眉毛和眉笔的阴影、他忘了拉起的裤子拉链、她正在拨打的电话屏幕上对方的名称和头像，进入一家商场会让她感到天旋地转、随时随地处在惊恐之中，商场无影灯式的锃亮的通透让她感到自己无处可逃，随时都会有一位引购员突然跳出，通过简单的对话发现面前这位顾客古里古怪，“她不正常。”虽则她已经在努力地学习社会规范，试图让自己进入到任何一幅社会图景中都不显得不合时宜。幼年时她通过旁观母亲在男装区装模作样地抚摸面料而建立了负向校准认知，生活并没有那么难，一切不过是经验的习得和环境的适应，学习选购合适的衣服和学习热力学定律没有太大的不同。分解、学习、练习、再合体，经过足够多的规训，一切将变得自然。阻碍她的是无法适度分配的注意力，她只能在有限的能力范畴内处理部分过度琐碎的信息，而缺乏综合全局的完形能力，形成黑洞般的捕获盲点。“是注意力缺陷障碍。”最近一次去医院时她对面前的医生说道，在对方尚未来得及细细打量她刚刚测完的一系列体征数据、心理量表和眼动追踪结果之前，她已经把答案强行塞给对方。说完又有些心虚，紧张地打量着对方的面部表情，推测对方是否能看出她的真实目的是为了开某种她想要的精神类一类管制药物。“也就是多动症。”她补充道——越说越多，越多越错。“那么你小时候有没有多动症呢？”对方问。她开始进行合理的描述：“应该是有的，听不进去课、经常走神，甚至在台上演讲的时候，不断地插嘴打断老师，干扰课堂秩序，在教室内如坐针毡，不得不经常逃课，经常做恶作剧扰民——搬家后不可控制地在路过二楼邻居家门时按对方的门铃然后快速跑掉——直到被对方守株待兔般抓了个正着，每天欺负同桌——直到他爸来学校——并不是问罪，仅仅是来拿他儿子落在桌洞的课本——以为东窗事发才停止这样的行为。”她一边说一边细细推断医生的神态，不断调整讲述的语气。“那么你父母带你去医院诊断过吗？”“没有。”“很抱歉，那就没办法了，注意力缺陷障碍通常都是在儿童时期就已发病，很少有成年后才得的病例，如果你的病史上没有这样的诊断，我们是无法为你开药的。”“我只是小时候没有去过医院。”“那没办法，注意力缺陷障碍是挂在儿科专科门诊下面，我们这是普通精神科门诊，也没有开一类管制药品的处方权。”“那我应该怎么办？”“我看了你的症状，我认为你应当是抑郁症。我可以给你开点治疗抑郁的药。”“是哪种药？草酸艾斯西酞普兰还是盐酸氟西汀？”“草酸艾斯西酞普兰。”“这种我吃过，对我没什么用。要不你给我开点别的？”她据理力争、讨价还价，觉得不能枉费自己之前面对各项仪器时的一番操纵，填完了那么多份自评量表耗费的时间，以及为了患有 ADHD 而提前做的诸多功课，千算万算只算错了一步——如果你小时候没有患上 ADHD，从此就别再想患上。她坐在医院门口，试着复盘刚才的问诊过程，面前一位衣冠不整的男性正蹲在地上，以匍匐前进的姿态小心翼翼地收集地上的烟头，把它们整整齐齐地放在纸巾上包裹起来，她怀疑自己早就被医生看穿——自作聪明而破绽百出，她在这家医院患有双相情感障碍，在那家医院患有重度抑郁，现在又试图在这家患上小儿多动症——但她句句属实，并没有编造任何谎言，假如你不想被人识破真相，最好就不要说谎，假如你要编造一个谎言，只有一种完美的办法，那就是真心诚意地合理化有关这个谎的一切逻辑链条，让自己相信它就是事实真相。因此，要想让医生为你开具一个病症的诊断单，你唯有真的患上它。故而她认为这并不是欺骗或愚弄，不断地造访各种医院是她为自己找出的一种与人沟通的途径，当你想要谈论一些异常的话题时，让它们显得不那么异常的方法只有找到合适的——也就是同样异常的情境安置它们。比如，“我感到自己正在发疯。”这类话只有坐在精神科门诊与一位医生谈论才显得正常。

她在做好人还是做坏人之间举棋不定。我不确定，苏格拉底说。我也不确定，她心想。苏格拉底的不确定是出自对无知的谦卑，而她的不确定则来自对于牺牲的裹足不前。“人类所具有的所有高贵情操，往往会被人怀疑是一种欺骗的手段。”她对此有足够多构成威慑效应的观察，好人往往不得善终，世上一切劝人向善的理论似乎都是空谈——在她心目中，好人只有一种人，即圣人。在她数十年生命中观察到的芸芸众生里，只有罕见的极少数人符合这一标准，而他们往往不是疯了就是死了，或者“正在发疯”。她害怕落得同样的下场，在许多年里从善如流，隐藏在所有举棋不定的人中间，不做选择。但紧密地团结在那些“正在发疯”的可识别的足够高贵的好人周围，并对他们承认自己的懦弱，以显得足够“真诚”。“其实大多数人甚至从没想过这个问题，他们只是按照基本的社会规范活着，只有当意外发生时，才第一次真正面临自己的道德选择。诚然，在发表观点时他们会表现得自己像个好人，但这没有任何意义，只有行动才能证明一切。甚至连行动也不能证明，因为有观测者效应存在。是一个什么样的人，只有他自己内心知道。但很多时候，就连自己也无法对自己形成足够清晰的认识。”她大言不惭、振振有词地得出这样的结论，赋予自己的举棋不定以合法性，在别人看是一种坦荡，其实本质上是一种无耻，不惮于暴露自我，这是何等的傲慢——不，也许是不在乎——一种对于世界的彻底失望。她想，假如生在一九一〇年我将是纳粹。她在正义与邪恶的两端游移不定，想不清楚成为哪一方更加合理——在她心中，好人等同于圣人，坏人则等同于领袖。两者看起来都同样的艰难，同样的一失足成千古恨，也同样的具有吸引力。究竟人为何要为一个不相干的人做出牺牲？她翻阅伦理学书籍，但伦理学往往是出于指导目的的实用主义哲学，没有指明这种准则成立的缘由。进化论说种群的利他行为在一定程度上符合整个群体的生存方向，但这和自私的基因又相矛盾，它们看起来像是一种混沌的解释学。心理学会说做出利他行为后人们会产生某种化学元素——这让人们感到愉悦。所有的宗教则都是在用强大的修辞能力说服人和它一起共振而生发自我感动。而她需要的是一种确凿无疑的证据，就像 DNA 双螺旋分子结构那样清晰的答案，证明这样选择的背后并非虚无。在此之前她只敢等待。既不做一个好人也不做一个坏人。只是平庸。有一些时刻她清醒地知道自己是在巧言令色，说一些精心编织的漂亮话——事后又感到心虚，生怕被识破那不过是一番虚情假意，而努力去做出点什么，兑现一些承诺，维持她打造出的人设的一致性。她许多年没有眼泪。有那么几次她感到一股望眼欲穿般的悲恸沿着脊髓向上，像游乐场大力士游戏机那样，只要力气足够，一锤下去便能让秤砣击中顶端，击出一个蓬荜生辉的全垒打，她觉察这股悲恸游龙一般显现，已经提前开始准备久旱逢甘霖的欣喜，然而它们每每戛然而止，戏弄她一般声东击西，走马观花似的路过她的泪腺。她像一位被挑逗而勃起的猛兽，无处发泄，只能尴尬地等待勃起勃落，留下成倍繁殖的郁结。后来明白悲恸不生产泪水，委屈才是为泪液加冕的秦始皇。

在这旷日持久的等待中只有一个人孜孜不倦地给她写信——她爷爷。第一封信是上学时寄去的，毛笔字，字奇大，内容已经忘了。她只记得落款，一度一直是“含泪汪汪的老爷爷”，她回：“你要坚强。”她爷爷像一位富有决心和执行力的跟踪犯，从幼儿园一直跟踪她至成年，当她离家万里，他仍然能够在网上不断检索她的名字而获知她的信息。“你不应该在网上写那些话，怎么能说自己是混蛋、小偷、无耻败类呢。”他在信中写道。她回：“那不是我写的话，是小说。是虚构的你明白吗？”在收不到她的回信时，他会写：“传媒上说你是作家又学心理学，应当是人类灵魂的工程师，你应当以无私的标准来对待亲人。”中秋节他写道：“你一定要回来参加聚会，现在聚一次很难，不要错过，爷爷老了聚一次少一次，祝你心情愉快，午安。”末尾附诗：“岁月无情人有情，欢度中秋笑盈盈。笑容常开助我兴，延年益寿乐无情。”有时他写：“转，莫言的文学观点是这么一句话，把好人当坏人写，把坏人当好人写，把自己当罪人写，不能脸谱化，总而言之把人当成人来写。下午好。”她回：“谨记。早上好。”他写：“我看了你的相册太漂亮了，精神焕发美景如画，是视觉盛宴，祝你愉快，你真聪明我不会玩。”她回：“谢谢爷爷的溢美之词，文采斐然卓尔不凡。”他写信介绍一位老乡：“人家请你看戏，我们是要好的同事，联系一下这是礼貌问题，要知道多个朋友多条路，沈阿姨是有身份的人，要热情对待她。”她回：“我也有身份啊，我还有两张身份证呢。”他回：“你有哪两张身份证告诉我，也让爷爷奶奶分享喜悦。”她长久地不回时，他写：“变天啦！不理我！我想不会吧！”她回：“没有啊，这封信是您自己写的吗？”然而她生平第一封信是写给外公的。那是她刚学会写字，五六岁的时候。听说外公很高兴，把信拿给全村的人看了。这和她对他的认知不符，每次见到他时，他都是如此的沉默寡言、彬彬有礼、总是在颔首微笑，像一位少林寺方丈。她无法将这过于情感外露的行为和他联系在一起。她几乎没有和他说过话，因为就连见过的次数都是如此的少。他的子孙众多，她又是离得最远的那个，她想他对她应该没有太多印象。据说他从来不说脏话，从未动手打过人，生气时只会自己一个人摔碗，他的父亲习惯在田野中独自散步，在衣柜上篆刻书法。他去世以后，她听说一桩他的轶事。他年轻时努力读书进入一间学校做老师，遭人嫉恨陷害又打回原籍成为农民，他不甘心，想进工厂做工人，因此私刻公章、伪造介绍信、自己介绍自己进工厂，后不幸被识破，又坐了两年牢。子女们谈论这桩轶事，笑话他自作聪明。她一拍大腿："这不就是我吗？"即刻想寄一封信，称赞他这件事做得漂亮，又犹豫要不要指出这件事被人识破说明做得还不够漂亮，就像她没能患上的ADHD。她爷爷写的最后一封信是："热烈欢迎北京城的蝙蝠侠回家过节。"她没有再回。

她有一种对意外的强烈信念。那是她所有不高兴的来源。她一个一个失去了全部可以通信的对象，不是他们抛弃了她，就是她抛弃了他们——在意外发生前她必须先行主动放弃，在地躺平，维持一个一无所有因而也就无可失去的平衡状态。她只好开始给不认识的人写信，给死人写长篇大论，对偶有投掷到信箱的真情不做回应。在白天，她对不重要的人随意敞开心扉，交浅言深：“I’m an American, born Chicago.” 她料定听这话的人不会知道这句话究竟是什么意思，除非对方读过《奥吉·马奇历险记》，那么他就会知道她说的意思其实是：1. 她读过《奥吉·马奇历险记》，尽管也许只有开头。或者读过菲利普·罗斯写的评论；2. 她不真的是美国人，她实际上是一位犹太人；3. 更实际上她也不是犹太人，这句话只不过给了对方一个暗号、一句潜台词，意思是她说的不是真的她在说的。I don’t literally mean that；4. 她是在蔑视对方，因为她料定对方不会知道这句话究竟是什么意思，因而也就没有任何要和对方平等沟通的愿望。在夜晚，她将所有应用文写成一封感人肺腑、颠三倒四、修辞丰富的长信，在辞职信中和没说过几句话的领导虚构梦想，在顾客意见簿中写作对君主议会制的不满。躁狂来临时，她如同被摄魂怪操控了灵魂，不受控制地感到需要将大脑中正在狂欢的放电以某种方式发泄出来、像排毒一样将疯癫排出体外——她所学的全部技艺不是生发，而是控制。她努力控制神经元之间无缘无故的异常放电，如若进入到它的内部，人们将看见一团无法预知位置也不能被观测到的电子概率云，只在跃迁发生时存在，它们在大脑前额叶区域构成语词，在深层边缘系统构成情感，它们不是爆炸、坍缩、扩张，而是反弹。她小心翼翼地隐藏这数百亿神经元之间的疯狂涨落，让自己表面看来平静如一面清晰的镜子，在镜子的内部涨落彼此抵消。她控制让自己慢下来，在秩序中找到优美。在躁狂离去后付出成倍的努力找回被摄魂怪剥夺的主体性，先道歉，再回收，先傲慢，再谦卑——越说越多，越多越错。

2019 年 1 月 15 日

图书在版编目(CIP)数据

九故事 / 大头马著. — 桂林：广西师范大学出版社, 2020.11

ISBN 978-7-5598-3259-7

Ⅰ.①九… Ⅱ.①大… Ⅲ.①短篇小说–小说集–中国–当代
Ⅳ.①I247.7

中国版本图书馆CIP数据核字(2020)第174781号

广西师范大学出版社出版发行

广西桂林市五里店路 9 号　邮政编码：541004
网址：www.bbtpress.com

出 版 人：黄轩庄

责任编辑：黄平丽

特约编辑：张诗扬

封面设计：山川制本 workshop

内文制作：陈基胜

全国新华书店经销

发行热线：010-64284815

山东德州新华印务有限责任公司

开本：850mm × 1168mm　1/32

印张：8.25　字数：140千字

2020年11月第1版　2020年11月第1次印刷

定价：56.00元